CHRISTIAN GLATZEL

A LIFE TO GIVE

Ein Original-Drehbuch

AF186622

Christian Glatzel wurde 1986 in Leipzig geboren. Nach seinem Medienmanagement-Studium arbeitete er für den privaten und öffentlich-rechtlichen Rundfunk sowie als Live-Moderator für Konzerte, Stadtfeste und Business-Events. Er lebt heute in Plauen und arbeitet als Radiomoderator.

Bibliografische Information der Deutschen Nationalbibliothek:
Die Deutsche Nationalbibliothek verzeichnet diese Publikation in der Deutschen Nationalbibliografie; detaillierte bibliografische Daten sind im Internet über http://dnb.dnb.de abrufbar.

© 2019 **Christian Glatzel**
Hradschin 12, 08523 Plauen

Cover & Buchsatz: Laura Newman
- design.lauranewman.de -

© Herstellung und Verlag: BoD – Books on Demand, Norderstedt:
BoD – Books on Demand, Norderstedt
ISBN 9783750423312

„Ein Mensch, der für nichts zu sterben gewillt ist, verdient nicht zu leben."

- Martin Luther King -

Technische Bezeichnungen:

(O.S.) = Off Screen; Äußerung abseits der zu spielenden Szene

POV = Point of View; Blickwinkel, aus dem etwas betrachtet wird

CUT TO = Schnitt zu; Szenenwechsel mit Abschluss einer längeren Sequenz

INNEN. HOTELFLUR - TAG

Der weitläufige Korridor eines Hotels - irgendwo in einer der obersten Etagen, hoch
über der Stadt. Das warme Licht der Wände
begünstigt den wohligen Komfort des weinroten
Teppichs, auf dem ein Spürhund entlangschnüf-
felt und einen dunkel gekleideten Mann an einer Leine hinter sich herzieht.

INNEN. SUITE - TAG

Mehrere Beamte in Zivil durchsuchen die groß-
zügige und mit separatem Schlafzimmer ausge-
stattete Hotelsuite; tasten die Zwischenräume
der Polstermöbel ab, durchleuchten das Innere
elektrischer Geräte und die Abstände zwischen
den Fenstern und Deckenornamenten.

Überall hängen kleine Deckenleuchten wie Lia-
nen an ihren Kabeln herunter.

AUSSEN. STRASSE - TAG

Ein Konvoi aus drei dunklen Geländewagen
schlängelt sich durch die dicht befahrenen
Straßen der Stadt.

Ein Hubschrauber folgt - in großzügigem Abstand.

                    PILOT (O.S.)
            Echo 10 für Rekon 4 ...

                    ECHO 10 (O.S.)
            10 hört ...

In enger Formation überquert der Konvoi eine Kreuzung.

INNEN. HUBSCHRAUBER - TAG

Der Pilot behält den Konvoi durch das Cockpit und über einen zusätzlichen Bildschirm im Auge.

                    PILOT
        Kardinal ist über Warschauer und
        Boddenplatz - Bereich ist si-
        cher. Ankunft bei Tower in circa
        drei Minuten.

                    ECHO 10 (O.S.)
        Verstanden.

INNEN. FAHRZEUG - TAG

Zwei Zivilbeamte sitzen jeweils am Fenster. Zwischen ihnen eine dunkel gekleidete Person mit geneigtem Haupt - das ist „Kardinal"!

Niemand spricht.

INNEN. SUITE - TAG

Im Schlafzimmer nehmen die Beamten das Bett und sämtliche Polster auseinander.

Aus der üppig ausgestatteten Bar in der Mitte des Wohnraums, mitsamt großem Tresen und einem riesigen Barspiegel dahinter, werden sämtliche Getränke ausgetauscht.

INNEN. FAHRZEUG - TAG

Weiterhin angespanntes Schweigen, während der
Konvoi geschlossen von der Hauptstraße abbiegt.

INNEN. HOTELFLUR - TAG

Der Spürhund schnüffelt weiter, bis er ans
Ende des Flurs gelangt, den Kopf hebt und
zu seinem Staffelführer aufschaut, der ihn
schließlich wieder zurück über den Flur
führt.

AUSSEN. HOTEL - TAG

Der Konvoi nähert sich durch die Seitengasse
dem Liefereingang des Hotels.

                    PILOT (O.S.)
           Kardinal für Rekon 4: *Ihr seid*
           auf Go!

Die Türen des vorderen und hinteren Fahrzeugs
öffnen sich. Mehrere Männer steigen aus, über-
blicken die Gasse samt Seiteneingang.

Dann springen auch die Türen des mittleren
Wagens auf.

INNEN. SUITE - TAG

Alle Deckenlampen werden wieder hineinge-
schraubt, ...

... die Polster bezogen, ...

... die Gehäuse der elektrischen Geräte zu-
sammengesetzt.

INNEN. WASCHRAUM DES HOTELS - TAG

Mehrere Beamte führen Kardinal durch den
dampfdurchzogenen Waschraum.

INNEN. SUITE - TAG

Der große Esstisch wird zurechtgerückt.

INNEN. TREPPENAUFGANG - TAG

Zwei Männer führen Kardinal über die Treppe
- werden beim Aufgang mit einem Mann vorn und
einem hinten abgesichert.

INNEN. SUITE - TAG

Eine Handfeuerwaffe wird vom Bartresen aufge-
hoben und ins Holster gesteckt.

INNEN. HOTELFLUR - TAG

Die Beamten kommen über den Korridor in Richtung Zimmer - zum Ende des Flurs.

INNEN. SUITE - TAG

Ein Klopfen.

Thomasius - Mitte 30, leger und mit der
strengen Seriosität eines professionellen
Einzelgängers ausgestattet - öffnet die Tür
und findet die Gestalt von Kardinal, ...

... einer jungen Frau.

Anna ist Mitte 20, von schlanker Gestalt, und
unter der blassen Haut lassen sich die kürzlichen

Reste einer gesunden Bräune ablesen. Ihre Haare fallen erschöpft über die müden Augen.

Ihre beiden Bewacher führen sie hinein. Zwei Männer halten draußen Wache.

Thomasius schließt die Tür.

CUT TO:

SPÄTER

Anna sitzt schweigend und mit hängenden Schultern an dem Esstisch, der einen Großteil des Wohnzimmers einnimmt.

Thomasius wickelt mit ihren Bewachern den behördlichen Papierkram ab – unterzeichnet ein Dokument.

                    BEWACHER #1
          Damit gehört sie euch.

Die Männer geben sich die Hand.

                    BEWACHER #1
          Viel Erfolg!

Bewacher #2 wirft im Hinausgehen noch einen strengen Blick in Richtung der jungen Frau, die diesen bewusst meidet.

Thomaius' Kollege Max - Anfang 30, ein sportlicher Haustiger mit Hang zur Überheblichkeit - geleitet die Männer zur Tür. Dann betrachtet Thomasius die junge Frau, die dasitzt, wie ein Schulmädchen, das durch eine Dummheit im Büro des Rektors gelandet ist.

                    THOMASIUS
        Mein Name ist Thomasius. Sie
        können mich Tom nennen.

Sie schaut nicht auf. Kein bisschen. Wirkt
verloren.

                      MAX
              Hey! Manieren, Süße!

Ihr Kopf bewegt sich kaum - nur ihre Augen
wandern jetzt langsam, wie verurteilte Seelen
zu Thomasius hinauf.

                    THOMASIUS
        Das Schlafzimmer befindet sich
        direkt nebenan. Dort können Sie
        auch Ihre Sachen verstauen.

Sie schaut in den gedimmten Nebenraum mit dem
großzügigen Bett. Die geschlossenen, creme-
farbenen Vorhänge vor den Fenstern tauchen
das Zimmer in eine erdrückende Schwüle.

                    THOMASIUS
        Das Badezimmer ist nur darüber
        zu erreichen. Das heißt, wir
        werden uns arrangieren müssen.

Thomasius wartet auf irgendeine Reaktion,
während Max im Hintergrund protzig auf einem
Kaugummi kaut.

                    THOMASIUS
        Die Vorhänge bleiben geschlossen!
        Wenn Sie Tageslicht und frische
        Luft brauchen, treten Sie an ei-
        nes der Fenster zum Innenhof.

Noch immer kein Wort.

>   THOMASIUS
>   (überaus abgeklärt und geduldig)
>   Zum Essen können Sie aus der ge-
>   samten Speisekarte wählen. Sämt-
>   liche Mahlzeiten werden von der
>   Hotelküche geliefert. Nur, blei-
>   ben Sie unter 50 Euro am Tag!

Sie schaut sich vorsichtig um, inspiziert ihr
vorübergehendes Zuhause.

>   THOMASIUS
>   Wenn Sie sich körperlich betä-
>   tigen wollen, können Sie die
>   Schwimmhalle morgens zwischen
>   halb sechs und sechs, sowie
>   abends zwischen halb elf und
>   halb zwölf nutzen. Nur sagen Sie
>   uns rechtzeitig Bescheid. Wir
>   müssen entsprechende Vorkehrun-
>   gen treffen. Irgendwelche Fragen
>   bis hierhin?

Ein erster, flüchtiger Blickkontakt. Aber
nicht mehr.

>   THOMASIUS
>   (deutet hinter sich)
>   Das ist mein Kollege Max. Den
>   Dritten im Bunde werden Sie noch
>   kennenlernen. Wir wechseln uns
>   in regelmäßigen Schichten ab.
>   (Pause)
>   Versuchen Sie, es sich und auch
>   uns so angenehm wie möglich zu
>   machen!

Annas Augen schweifen durch den Raum; finden
zusammengeworfene Jacken über einer Stuhl-
lehne, abgetragene Schuhe unter dem Heizkör-
per und Aschereste auf dem Tisch neben dem
Aschenbecher. Es ist bereits jetzt keine Suite und schon gar kein Hotelzimmer mehr - es
ist ein Männerhaushalt.

Sie schaut skeptisch auf, erhebt sich unter
lähmender Motorik und verschwindet mit ihrer
Reisetasche durch die doppelte Schiebetür ins
Schlafzimmer. Und kurz bevor sie die Türen,
die das Schlafzimmer vom Rest der Suite tren-
nen, hinter sich zuzieht, bemerkt sie, dass
der Schließknauf abmontiert wurde.

Ein letzter, trostloser Blick auf ihre Bewacher. Dann ...

... schiebt sie die Türen zu.

CUT TO:

INNEN. SCHLAFZIMMER - TAG

Anna wirft ihre Tasche auf das Bett.

Sie tritt vor die Fensterfront mit den zu-
gezogenen Vorhängen, die von der einfallen-
den Morgensonne gerillt werden, und fährt
mit ihrer Hand den rauen Stoff entlang,
während sie in quälend langsamen Bewegungen stumpfe, unmotivierte Schatten über das
Bett schickt.

SPÄTER

Anna liegt auf dem Bett und sieht fern - irgendeine Sitcom über nerdige Wissenschaftler
und eine Blondine, die sie schon mindestens
dreimal gesehen hat, so wie jeder Mensch,
der heute werbefinanziertes Fernsehen schaut.
Lustlos schaltet sie durch die Kanäle - und
durch allerlei Emotionen auf der Mattscheibe:

Ein lachendes Publikum; ...

... ein Ächzen; ...

... ein Laienschauspieler, der versucht, einen Wutanfall vorzutäuschen; ...

... eine klassische Oper; ...

... eine Talkshow.

INNEN. BADEZIMMER - TAG

Anna inspiziert das Bad, ...

... packt ihre Waschtasche auf die Ablage ...

... und bindet sich die fettigen, leblos vom
Schopf baumelnden Haare zusammen.

Dann wäscht sie sich das Gesicht, klärt es mit
einer Lotion und fährt sich behutsam über die
Haut. Anschließend beugt sie sich zum Spiegel
vor, strafft ihr Antlitz und mustert ausdruckslos die dunklen Ringe unter den Augen.

Eine Weile lang steht sie einfach nur da -
analysiert ihr Äußeres und sucht innerhalb

ihres Spiegelbildes nach einem Motiv; irgendeiner Emotion, an der sie sich orientieren könnte.

Erfolglos.

                                        CUT TO:

INNEN. SUITE - ABEND

Max tischt gerade das Essen von einem gelieferten Speisewagen auf, als Anna aus dem Schlafzimmer kommt. Sie ist kaum wiederzuerkennen; hat die Haare zu einem lockigen Zopf verbunden, die blasse Haut unter etwas Makeup verbannt und ist mit ihren Beinen in eine hautenge Jeans geschlüpft.

Max mustert sie.

Thomasius tritt mit drei Gläsern hinter dem Bartresen hervor und stolpert verwundert über ihr aufgepepptes Äußeres.

Ein kurzer Moment, in dem beide Seiten die Situation zu erörtern versuchen. Dann ...

... setzt sie sich an den Tisch.

Max schaut erstaunt zu Thomasius, der jedoch nur mit gleichgültiger Skepsis kontert.

                                        CUT TO:

SPÄTER

Sie essen. Alle schweigen.

Im Hintergrund läuft auf einem Fernseher
neben der Bar ein Fußballspiel. Max fut-
tert ungehindert in sich hinein und verfolgt
hauptsächlich das Spiel. Neben seinem Teller
häufen sich unzählige Spritzer auf dem Tisch
zu kleinen Soßenflecken.

Anna bemerkt das.

Und kurz danach fällt ihr auf, dass der Tisch
am anderen Ende sauber ist. Genau dort, wo
Thomasius sitzt.

Kein Fleck, keine Aschereste - nichts.

Dann sucht sie seinen Blick. Doch Thomasius
schenkt ihr keinerlei Beachtung.

                                    CUT TO:

INNEN. SWIMMING POOL - NACHT

Anna schwimmt durch das leere Poolbecken, das
sie ganz für sich allein hat.

In der Nähe des Beckens und mit dem Rücken
zu ihr gewandt, behält Thomasius den Rest des
Areals im Auge. Die Waffe stets griffbereit am
Holster.

Anna schwimmt nur halbe Bahnen; hält bewusst
Abstand zu ihm.

CUT TO:

INNEN. BADEZIMMER - SPÄTER

Sie duscht; streift die Bürden des anstren-
genden Tages von ihren Schultern.

SPÄTER

Anschließend steigt sie aus der Dusche und
trocknet sich ab. Und plötzlich ...

ZACK!

... platzt Max ins Badezimmer.

Anna schreckt auf; bedeckt zügig ihren nackten Körper.

                    MAX
                 (ruppig)
        Wenn ich dich rufe, hast du zu
        antworten, ist das klar?

Anna ist völlig irritiert; versucht, sich zu-
sammenzunehmen.

Er sieht sie an. Schweigend mustert er ihre
Erscheinung; ihren jungen, empfindsamen Körper.

                    MAX
        Hör mal: So muss das nicht laufen.

Noch mehr unangenehme Blicke, ...

... denen sie bemüht ausweicht.

Max missfällt ihre abkehrende Haltung.

                    MAX
               (ungehalten)
          Du machst dich bei mir ab jetzt
          alle dreißig Minuten bemerk-
          bar, klar? Und wenn es nur dein
          Arsch ist, der durch das Zimmer
          springt!

Sie nickt - brüchig und alternativlos.

Max sieht sich um, bemerkt die Unmengen an
Pflege- und Make-up-Produkten auf der Ablage
über dem Waschbecken.

                    MAX
          Hast dich schon gut eingelebt,
          hm? Dir fehlt es ja schließlich
          an nichts.

Er nähert sich ihr. Langsam und bedrohlich.

                    MAX
          Du glaubst wahrscheinlich auch
          noch, du würdest hierbei was An-
          ständiges tun. Aber glaub mir,
          Schätzchen, es gibt eine Menge
          Leute, die der Meinung sind, dass
          du in dem gleichen Drecksloch vor
          dich hin rotten solltest, wie
          deine beschissenen Freunde.

Unruhig blickt sie auf das Holster mitsamt
der Waffe an seinem Körper.

                    MAX
          Aber du, du kriegst das hier:
          Warmes Wasser, Essen á la carte,
          ein weiches Bett.

Seine Augen folgen den Wassertropfen, die von
Annas Wangen auf ihre Schulter perlen, entlang der Ellenbogen hinterherschnellen und
neben ihren nackten Füßen zu Boden fallen.

Noch mehr intime, unangebrachte Blicke.

Dann schaut er ihr fest in die Augen.

> MAX
> Ich persönlich denke, du wärst
> in einer Holzkiste besser aufge-
> hoben.

Ein letzter widerlicher Blick, bevor ...

... er sich langsam umdreht und das Zimmer
endlich wieder verlässt.

Sie bleibt zurück. Allein und ausgeliefert.
Und als sich ihre Anspannung von der erdrük-
kenden Begegnung gerade zu lösen scheint,
beginnt ihr Körper unkontrolliert zu zittern.

Am ganzen Leib.

CUT TO:

INNEN. SUITE - TAG

Der nächste Morgen.

Thomasius und Max sitzen am Tisch - neben ihnen das frisch herangekarrte Speisetableau.
Max zerteilt ein paar frische Pfannkuchen und
tunkt sie in eine Schale mit Ahornsirup. Währenddessen schaut Thomasius wiederkehrend auf
die geschlossene Schiebetür des Schlafzimmers.

INNEN. SCHLAFZIMMER - SPÄTER

Knock - Knock!

Thomasius öffnet die Schiebetür, findet Anna
auf der hinteren Seite des Bettes liegend und
mit dem Rücken zu ihm gewandt.

Sie hält ein durchnässtes Taschentuch in der
Hand; weint leise und tief atmend vor sich
hin. Und sie hört, wie er sich ihr mit einigen Schritten nähert.

> THOMASIUS
> Frühstück!

Doch sie reagiert nicht; schnieft nur kräftig
durch und liegt schweigend da.

Und irgendwann, nach einer Weile ...

... hört sie schließlich, wie er die Türen
wieder zuschiebt.

Dann dreht sie sich um - und findet einen Obst-
teller auf dem Nachtschränkchen neben dem Bett.

Anschließend dreht sie sich wieder zurück.

> ANWALT(O.S.)
> Das Wichtigste ist, dass Sie ruhig
> bleiben!

CUT TO:

INNEN. SUITE - TAG

Annas Anwalt - ein drahtiger, mittelgroßer
Kahlkopf mit einer schmalen Brille, die so
fest auf seinem Nasenflügel sitzt, dass sie
nie verrutschen würde - sitzt ihr am großen
Esstisch gegenüber und instruiert sie.

> ANWALT
> Halten Sie so wenig Blickkon-
> takt wie möglich! Sie geben
> ausschließlich Auskunft über die
> Sachverhalte, die wir durchge-
> sprochen haben. Wenn Sie nervös
> werden, schauen Sie *mich* an! Nie-
> manden sonst! Für den Staatsan-
> walt steht und fällt das gesamte
> Strafverfahren mit *Ihrer* Aussa-
> ge. Er wird also keinesfalls vom
> Protokoll abweichen. Okay?

Sie nickt. Schwerfällig - beinahe seelenlos.

Thomasius und Max checken ihre Ausrüstung,
legen sich schwere Schutzwesten an und prüfen
gegenseitig ihre angelegte Montur.

> ANWALT
> Das LKA wird die ganze Zeit an
> Ihrer Seite bleiben. Auch im
> Warteraum. Sie brauchen also
> keine Angst zu haben. Ihnen wird
> nichts passieren.

Klick - Klack! Die Männer laden ihre Handfeu-
erwaffen, was Anna nur noch nervöser macht.

Ein *Klopfen!*

JONAS - Mitte 20, mittelgroß und ein weiches
Kinn, das sein jungenhaftes Äußeres unter-
streicht - öffnet die Tür.

                    JONAS
          Wagen sind da!

                                        CUT TO:

INNEN. HOTELFLUR - SPÄTER

Die Männer geleiten Anna über den Flur, ...

INNEN. WASCHRAUM DES HOTELS - SPÄTER

... durch die Personalzugänge des Hotels und ...

AUSSEN. HOTEL - SPÄTER

... führen sie durch den Seiteneingang aus
dem Hotelgebäude - unmittelbar hinein in die
Fahrzeugkolonne, die aus drei dunklen SUVs
besteht.

Die Kolonne fährt ab.

                                        CUT TO:

INNEN. FAHRZEUG - TAG

Annas Hände zittern. Ihre Knie schlottern
leicht.

                    FUNK (O.S.)
          Falke 10, Alpha ist sauber. Wir
          erwartet euch!

THOMASIUS
Falke 10, verstanden! Bestätige.

AUSSEN. STRASSE - TAG

Die Kolonne schlängelt sich eng an eng durch
die Straßen der Stadt, ...

... biegt in eine Querstraße ab, ...

... über eine Kreuzung und ...

... in ein nahegelegenes Parkhaus.

INNEN. UNTERDECK PARKHAUS - TAG

Die Kolonne fährt ins Untergeschoss, das mit
einigen Zivil- und mehreren Einsatzfahrzeugen
samt bereitstehenden Beamten eingedeckt ist.

Die Kolonne stoppt. Die Männer holen Anna aus
dem Fahrzeug.

Dutzende anklagende Blicke sind auf sie gerichtet, als hätte sie Gottes Sohn persönlich
auf den Passionsweg zur Kreuzigung geschickt.

Max bekommt von einem wartenden Kollegen
einen Schlüssel in die Hand gedrückt. Dann
verfrachten er und Thomasius Anna auf die
Rückbank eines grauen, mit getönten Scheiben
versehenen Kombis.

Unterdessen beraten sich die Polizisten, während
Anna minutenlang allein auf der Rückbank des Fahrzeugs hockt - eingeschüchtert von der massiven Prä-
senz der Beamten. Und fast so, als ob sie erst jetzt
vollkommen realisieren würde, was hier geschieht.

Dann, irgendwann, löst sich die Traube aus
schwerbewaffneten Polizisten und Annas drei
Begleiter steigen zu ihr in den Wagen.

Alle Beamten im Tiefgeschoss steigen nun eben-
falls in ihre Polizeifahrzeuge. Eine Handvoll
Zivilbeamter besetzt die SUV-Kolonne, mit der
Anna und ihre Begleiter herkamen, und ...

AUSSEN. PARKHAUS - TAG

... verlässt das Parkhaus mitsamt einer be-
achtlichen Blaulicht-Eskorte.

INNEN. KOMBI / UNTERDECK PARKHAUS - TAG

Die Männer im Kombi setzen ihre Sturmhauben
auf. Max sitzt am Steuer, Jonas Shotgun - das
Maschinengewehr feuerbereit auf Brusthöhe -
und Thomasius hinten bei Anna.

Sie warten ...

... und warten.

Stille.

Anspannung.

Ein Blick auf die Uhr.

Ewige Momente zwischen dem breiten Atem adre-
nalingefestigter Männer. Alle in schwarz - in
voller Montur und die Gesichter unter Masken
verborgen.

Anna schaut kaum noch auf; igelt sich auf der
Rückbank neben Thomasius in das Polster.

Und dann, irgendwann ...

... knarrt das Funkgerät.

> FUNK (O.S.)
> Falke 10, ihr seid auf Go!

Max startet den Wagen und fährt los.

AUSSEN. PARKHAUS - TAG

Der Wagen kommt aus dem Parkhaus gefahren.
Unscheinbar, wie jedes andere Fahrzeug auch.

INNEN. KOMBI - TAG

Stille im Fahrzeug, während Jonas die Straße
vor ihnen im Auge behält und Thomasius das
Feld hinter dem Kombi überwacht. Die Sinne
der Männer sind messerscharf:

JONAS' POV: Ein Fahrradfahrer auf der Spur
neben ihnen.

MAX' POV: Ein Hupen, irgendwo aus dem Verkehrsfluss - gefolgt von einem aufmerksamen
Blick in den Seitenspiegel.

THOMASIUS' POV: Die verschiedenen Fahrzeugty-
pen hinter ihnen im Straßenverkehr.

Und ANNA, die ein paar Straßen später eine
Allee aus Polizeimotorrädern am Straßenrand
bemerkt, die zum Gerichtsgebäude führt.

AUSSEN. GERICHT - TAG

Eine Menge aus Presseleuten, Fotografen und Kame-
ramännern verdichtet sich um die Fahrzeugkolonne
aus dem Parkhaus, die sich gerade zum Seiteneingang des Gerichts vortastet und von dem Blitz-
lichtgewitter der Journalisten eingenebelt wird.

Unser Kombi fährt unbemerkt hinter der sensa-
tionsgeladenen Meute vorbei ...

... und biegt um die nächste Ecke; hinter das
Gerichtsgebäude.

                                          CUT TO:

INNEN. GERICHTSGEBÄUDE - TAG

Die Männer geleiten Anna durch die Gänge des
Gerichts und werden von einem Justizbeamten
bis zum Zeugenwarteraum geführt. Der Beamte
öffnet die Tür - Thomasius und Max führen Anna
hinein, Jonas hält draußen Wache.

INNEN. WARTERAUM - TAG

Ein kahler, isolierter Raum.

Stille. Wieder Warten.

Anna zittert unentwegt, nickt mit dem Kopf
sachte vor sich hin - sich selbst zur Besinnung zwingend.

Thomasius bemerkt das; schaut zu ihr ...

... und schiebt seine Hand auf ihre, zwanghaft zwischen die Schenkel gefalteten Hände.

Sie spürt seine Wärme, sieht ihn an ...

... und beruhigt sich schließlich ein wenig.

Dann ...

... Schritte von der anderen Seite der Tür, die zum Gerichtssaal führt. Näherkommend. Immer lauter.

Anna starrt auf die Tür. Herzrasend. Ihr Puls treibt ihre Anspannung wieder hoch - diesmal bis auf die Spitze.

Ein *Pochen*.

Ein *Klopfen*.

Tosender Druck auf ihrer Brust. Bis sich die Tür öffnet und ...

Wwrrrrghh!

... Anna sich unmittelbar auf den Boden übergibt. Direkt vor die Füße des Justizbeamten.

                                        CUT TO:

INNEN. SUITE - ABEND

Im Fernsehen verfolgen Thomasius, Max und Jonas einen Nachrichtensprecher, der aus dem Sendestudio an eine Außenreporterin abgibt.

                    REPORTERIN
          Der Prozess gegen den mutmaßlichen Clan-Chef Berzan Kurdî ist

heute Vormittag unterbrochen
worden, weil die Aussage einer
Zeugin aufgrund gesundheitli-
cher Komplikationen nicht ge-
hört werden konnte. Der Richter
vertagte die Sitzung auf Anfang
nächster Woche. Berzan Kurdî
steht unter Verdacht, Anfüh-
rer einer der einflussreichsten
kriminellen Gruppierungen der
Stadt zu sein. Die Anklagepunk-
te lauten auf Anstiftung zur
Prostitution, Raub und Erpres-
sung. Ihm wird außerdem zur
Last gelegt, im Mai vergange-
nen Jahres an dem Mord von drei
Polizisten beteiligt gewesen zu
sein. Bis auf bestimmte Körper-
teile sind die Leichen der Beamten bis heute nicht vollständig aufgefunden worden. Kurdî
gilt seit Jahren als Dreh- und
Angelpunkt des Rauschgifthan-
dels, der ...

                    MAX
Ich habe keine Lust hier noch
Wochen rumzuhägen, nur, weil die
blöde Kuh es nicht auf die Reihe
kriegt, ihre Aussage zu machen.

INNEN. SCHLAFZIMMER - ABEND

Anna hockt hinter dem Bett. Ihre Augen sind
rot unterlaufen, die Lippen vertrocknet. Sie
zittert noch immer am ganzen Körper und hört
ihre Bewacher im Nebenraum reden.

                    MAX (O.S.)
          So ein beschissener Aufwand -
          für nichts.

INNEN. SUITE - Abend

Thomasius sitzt mit Jonas am Tisch und spielt
Bao - das Steinchenspiel. Max läuft unruhig
in der Suite umher.

                    MAX
          Die Schlampe muss nur den Mund
          aufmachen - so schwer kann das
          für eine Frau nicht sein.

Jonas lacht.

                    THOMASIUS
               (leert eine Reihe gegneri-
               scher Steine auf dem Spiel-
               brett)
          Komm runter, Max! Wir hatten
          alle einen langen Tag.

                    MAX
          Pff ...

                    THOMASIUS
          Setz dich und nimm dir was zu
          trinken!
               (schaut zur Bar)
          Die harten Sachen haben die
          Jungs dagelassen.

                    MAX
          Ich muss was *tun*, sonst hebe ich
          ab.

                    THOMASIUS
        Dann verschwinde! ... Ich über-
        nehme auch deine Schicht.

Max überlegt nicht lang, schnappt sich umgehend seine Jacke von der Lehne.

                    MAX
        Dann sehen wir uns morgen früh.
                (zu Jonas)
        Was ist mit Dir?

Jonas verfolgt aufmerksam Thomasius' Züge
auf dem Spielbrett, der die Steine von Mulde
zu Mulde verteilt, eine weitere von Jonas'
Kammern leerräumt, mit seinen Steinen immer
weiterzieht und schließlich, nach mehreren
aufeinanderfolgenden, nicht enden wollenden
Zügen, die letzte gegnerische Mulde leert und
gewinnt.

Jonas sieht verwirrt auf.

                    MAX
                (über Jonas' Schulter)
        Zwei Stunden ... Zwei verfluchte
        Stunden und dann sowas?

Jonas schüttelt den Kopf - den letzten Zug
wieder und wieder überdenkend. Seine Mulden
waren gerade noch prall gefüllt.

                    JONAS
        Ähm ...

                    MAX
        Komm! Du gibst einen aus!

                    JONAS
          (verwirrt)
          Also, das ... *Fuck!*

Jonas schnappt sich seine Jacke, dankt ab und
folgt Max nach draußen.

                    JONAS
          Ab morgen nur noch Skat!

                    MAX
          Wie alt bist du? Vierzig?

Die Tür fällt hinter ihnen zu.

Dann ist Thomasius allein.

Und kurz darauf ...

... hört er im Hintergrund eine weitere Tür
zufallen.

Er steht auf, geht zur Schlafzimmertür und
klopft. Und kurz darauf ...

INNEN. SCHLAFZIMMER - ABEND

... steckt er den Kopf durch die Tür. Anna
ist nirgends zu sehen. Nur ihre hastig durch-
wühlte, offene Tasche liegt auf dem Bett.

Thomasius tritt vollständig ins Schlafzimmer,
schaut sich um und wendet sich zur Badezimmertür. Er klopft.

Keine Antwort.

                    THOMASIUS
        Anna?
            (klopft erneut)
        Anna!

Er will die Tür öff ... - verschlossen!

                    THOMASIUS
            (unsicher)
        Anna?
            (hämmert gegen die Tür)
        ANNA! Machen Sie auf!

Mehrfaches Hämmern gegen die Tür.

Bam! - Bam! - Bam!

                    THOMASIUS
            (laut)
        Machen Sie die scheiß Tür auf!

Keine Antwort.

Thomasius macht einen großen Schritt zurück
und tritt gegen die Tür.

Bam!

Nochmal - *Bam!*

Dann tritt er erneut zurück und wirft
schließlich seinen ganzen Körper in die Tür.

Baaaaam!

INNEN. BADEZIMMER - ABEND

Krack!

Thomasius bricht durch die Tür, lässt dabei
das ausgehebelte Türschloss durchs Bad fliegen
und gegen die Duschtür scheppern, schaut auf
und findet Anna auf dem Toilettensitz hockend
- bewegungsunfähig, kraftlos.

Er schnellt zu ihr, hebt ihren herunterhän-
genden Kopf und schaut in ein Paar müde, abgekämpfte Augen. Auf dem Boden findet er eine
Packung Tabletten. Die Fächer sind leer.

                    THOMASIUS
                    (rasend)
          Was ist das? Hm? Wieviel haben
          Sie davon genommen?

Wieder keine Antwort.

Er packt sie und ...

... steckt ihr unvermittelt den Finger in den
Rachen.

Sie würgt kurz - doch spuckt nur Speichel.

Dann hievt er sie am Arm von der Toilette
hoch und - *Bam!* - boxt ihr kompromisslos in
den Magen.

Anna krümmt sich, sucht irgendwo Halt, fällt
schmerzverzerrt auf die Knie.

Thomasius schnappt sich die Zahnbürste von
der Ablage, packt Anna am Schopf, reißt den
erschöpft umherbaumelnden Kopf hoch und -
wham! - rammt sie ihr tief in den Rachen.

Anna fällt vornüber die Wanne und - *flatsch!*
- kotzt ein Meer an Pillen aus ihrem Körper.
Kleine Brocken, die wie unverdautes Chili in
der Wanne landen.

Und wenige Momente später ...

... hängt sie halbtot und verschwitzt über der
Badewanne. Speichel tropft von ihrem Kinn.

Die Augen tränen unentwegt.

Sie ringt um Luft.

Thomasius verschwindet nach draußen, ins ...

INNEN. SCHLAFZIMMER - ABEND

Er kramt alle Schubladen durch, durchwühlt
Annas Handtasche. Anschließend leert er den
Inhalt ihrer Sporttasche auf dem Bett aus und
durchsucht ihre Klamotten, während ...

INNEN. BADEZIMMER - ABEND

... Anna ausgelaugt vom Wannenrand hinunter-
schlittert, zwischen Badewanne und der Toilette
versackt und dort unten, eingepfercht zwischen
kalten Fliesen und beißendem Chlorgeruch, vor
sich hin winselt. Allein und verloren.

Als Thomasius wieder das Badezimmer betritt,
zuckt sie vor ihm zusammen. Angstergriffen.
Fast panisch.

Er packt sie unter den Armen und hebt sie vom
Boden auf. Sie wehrt sich; schlägt um sich
wie ein wilder Teenager.

Unter heftiger Gegenwehr ...

INNEN. SCHLAFZIMMER - ABEND

... bringt er sie ins Schlafzimmer und wirft
sie hart aufs Bett - dreht sie auf den Rücken
und legt ihr Handschellen an.

Dann verschwindet er im Bad, während sie leise vor sich hin weint und die Bettlaken mit
dem Rest ihres Erbrochenen und dem selbstbe-
trauernden Nasenschleim vollrotzt. Ein gewis-
sermaßen erbärmlicher Anblick. Behäbig und
traurig zugleich.

Die Momente vergehen in einer elenden, trä-
nenreichen Szenerie.

Und irgendwann ...

... kehrt Thomasius zurück. Er dreht sie zu
sich und wischt ihr mit einem Waschlappen
durchs Gesicht; wischt die Kotzbrocken von
ihrer Wange und den Rotz von der Nase. Anschließend wechselt er das nasse Kopfkissen
aus.

Nachdem er sich vom Bett erhebt und das Laken
von dem dreckigen Kissen abzieht, betrachtet
er sie noch für einen stillen Moment lang.
Ausdruckslos. Schweigend.

Dann verlässt er das Zimmer.

Und Anna ...

... beruhigt sich allmählich, während sie in
das frische Kissen atmet und die unendlichen

Strapazen des Tages sie nach einer ganzen
Weile endlich in einen langen Schlaf zwingen.

INNEN. SUITE - SPÄTER

Thomasius sitzt in einem Sessel, den Blick
durch die geöffnete Schiebetür auf das Bett im
Schlafzimmer gerichtet. Dort, wo Anna liegt.
Und er verfolgt, wie Ihr abgekämpfter Körper
sich unter den tiefen Lungenzügen auf- und
wieder ab bläht.

Er beobachtet sie.

Die ganze Nacht lang.

CUT TO:

INNEN. SCHLAFZIMMER - TAG

Anna erwacht aus ihrem tiefen Schlaf. Sie
dreht sich auf die Seite und bemerkt, dass
die Handschellen von ihren Handgelenken verschwunden sind.

Aus dem Wohnzimmer drängen die dumpfen Geräu-
sche einer Unterhaltung in ihr Ohr. Sie steht
auf, geht ins ...

INNEN. BADEZIMMER - TAG

... und sieht, dass die Wanne gesäubert ist
und ihre Utensilien sauber auf der Ablage
aufgereiht sind. Das Türschloss wurde entfernt. Im Türrahmen sind noch die tiefen Ris-
se des abgespaltenen Holzes zu erkennen.

INNEN. SUITE - TAG

Anna öffnet die Schiebetür zum Wohnraum.

Die drei Männer sind gerade beim Frühstück.

> MAX
> Schau an, Dornröschen ist wieder
> am Leben.

Wenn er wüsste, wie recht er hat.

> JONAS
> (Kanne in der Hand, zu Anna)
> Kaffee?

> MAX
> (zu Jonas)
> Hey! ... Das hier ist keine WG!

Jonas stellt die Kanne einsichtig zurück auf
den Tisch.

Anna steht in der Tür und wandert mit unsi-
cherem Ausdruck durch die Runde. Thomasius ist derweil in eine Zeitung vertieft und
schenkt ihr keinerlei Aufmerksamkeit.

> MAX
> (steht auf)
> Ich gehe schiffen.

Anna tritt aus dem Türrahmen und macht ihm Platz,
als Max im Badezimmer verschwindet. Unterdessen wendet sich Jonas dem Kühlschrank an der Bar
zu. Und Anna wartet weiter auf eine Reaktion von
Thomasius; sieht ihm unentwegt entgegen. Doch
er rührt sich nicht, ignoriert sie vollkommen.

Eine angespannte Stille drängt sich zwischen
sie beide. Wie ein offensichtliches Zerwürf-
nis, das sie beide jeden Moment spalten, aber
gleichzeitig auch auf ewig einen könnte.

                    JONAS
          (huscht mit Wasserflasche in
          der Hand und Croissant zwi-
          schen den Zähnen zur Tür)
     Ich mach meine Runde. Bis dann!

Er schließt die Tür hinter sich.

Als er raus ist, setzt sich Anna zurückhaltend an den Tisch. Sie nimmt sich ein
Brötchen aus dem Korb des Speisewagens und
schneidet es auf - und sucht dabei immer wieder Thomasius' Blick.

Doch er reagiert kein einziges Mal. Nicht für
eine Sekunde.

Irgendwann ertönt von nebenan die Spülung und
unterbricht ihr gemeinsames Schweigen.

                    MAX
          Was ist denn mit der Tür pas-
          siert?

Anna - und ihr unsicherer Ausdruck auf dem Gesicht.

Und dann, aus heiterem Himmel ...

                    THOMASIUS
          Das Schloss hat geklemmt. Als
          ich daran gerüttelt habe, hatte
          ich plötzlich den halben Türrah-
          men in der Hand.

                (Blick auf Anna)
        War vielleicht einfach nur ein
        langer Tag gestern.

                        MAX
                    (überlegt)
        Ja ...
                    (nähert sich ihm)
        Wie schön, dass du endlich mal
        Nerven zeigst.

Er lächelt, klopft Thomasius auf die Schultern und wandert zum Kühlschrank.

                        MAX
                    (erheitert)
        ... Herr Kommissar!

Thomasius' und Annas Blicke treffen sich erneut.

Distanzierte Blickwechsel. Die zweier gewöhn-
licher, einander im Grunde völlig fremder
Menschen.

                    REITER (O.S.)
        Die Verhandlung wird nächsten
        Dienstag fortgesetzt.

                                    CUT TO:

AUSSEN. CAFÉ - TAG

                    THOMASIUS
                    (ungläubig)
        Das ist eine ganze Woche.

                    REITER
        Ja.

Thomasius und sein Vorgesetzter, Reiter -
Mitte Fünfzig, mit der zurückgelehnten Haltung eines erfahrenen Beamten und das erste
ausfallende Haar mit Würde begrüßend - sitzen vor einem kleinen Café, das nur durch die
Hauptstraße von der Zufahrt des Hotels entfernt ist.

                    REITER
          Werden Sie die Unannehmlich-
          keiten der Sterne-Küche noch so
          lange ertragen?

                    THOMASIUS
          Ich habe damit kein Problem.

                    REITER
               (belächelt den Kommentar)
          Wie läuft's denn da oben? Wird
          die Kleine das packen?

Thomasius runzelt dezent die Stirn.

                    REITER
          Ich weiß, dass sich das wie ein
          Spießrutenlauf anfühlen mag.

                    THOMASIUS
               (Pause)
          Für mich hat das keine Bedeu-
          tung.

                    REITER
          Dann würde ich mir Gedanken ma-
          chen.

Thomasius reagiert stutzig.

                    REITER
        Auf *jeden* hätte das irgendwelche
        Auswirkungen.
                (Pause)
        Ich habe Sie bei dieser Sache
        an Bord, weil Sie sich nicht
        von Ihren Gefühlen leiten las-
        sen. Aber bei all der gesunden
        Distanz sollten Sie nicht ver-
        gessen, dass Sie da oben nicht
        allein sind. Das Mädchen aller-
        dings schon. Also tun Sie mir
        den Gefallen und geben Sie ein
        bisschen auf sie Acht!

Stille Blicke.

                    REITER
        Sorgen Sie dafür, dass sie ihre
        Aussage macht und nicht durch-
        dreht. Okay?

Stumme Zustimmung.

                    REITER
        Also dann.
                (er erhebt sich zum Gehen,
                legt einen Zwanzigeuro-
                schein auf den Tisch)
        Lassen Sie sich eine Quittung
        geben!

                    THOMASIUS
        Chef!

                    REITER
                (dreht sich nochmal um)
        Hm?

Thomasius reicht ihm einen kleinen Zettel.

                    THOMASIUS
          Würden Sie die mal prüfen?

                    REITER
             (öffnet den gefalteten Zettel)
          Was ist das?

                    THOMASIUS
          Die Kennzeichen von zwei Fahrzeu-
          gen, die in den letzten Tagen in
          der Nähe geparkt haben. Der Merce-
          des hatte getönte Scheiben und der
          VW war für sein Alter zu sauber.

                    REITER
             (lächelt)
          Genau deshalb kann ich hierbei
          so gut schlafen.

Reiter verabschiedet sich.

Und Thomasius sieht hinauf, zum obersten
Stock des Elfenbeinturms, wo ...

INNEN. SCHLAFZIMMER - TAG

... Anna am Fenster steht, zum Café hinunter-
schaut, ihn beobachtet und ...

AUSSEN. CAFÉ - TAG

... rasch wieder den Vorhang zuzieht.

Thomasius nimmt einen letzten Schluck Kaffee
und winkt eine Kellnerin heran.

CUT TO:

INNEN. SCHLAFZIMMER - SPÄTER

Anna sitzt auf dem einsamen Bett, schaltet durch die Fernsehkanäle. Da öffnet sich die Schiebetür ...

... und Thomasius steht plötzlich im Raum.

                    THOMASIUS
              Wie ist das Wetter?

Sie neigt verständnislos den Kopf.

                    THOMASIUS
              Die Vorhänge bleiben zu, ver-
              standen?

Sie nickt - uneinsichtig.

Er wendet sich zum Gehen.

                    ANNA
         Hey!

Er schaut nochmal zurück.

                    ANNA
              Danke, ... dass Sie ... nichts
              gesagt haben.

Thomasius will wieder verschwinden, doch ...

                    ANNA
              Hey! Gibt's hier im Haus irgend-
              wo ... DVDs oder so? Hier läuft
              nur Scheiße.

                    THOMASIUS
     Was erwarten Sie? Das ist deut-
     sches Fernsehen!

                    ANNA
               (deutet auf den Fernseher)
     Das Einzige, das ich noch nicht
     kenne, ist dieser Film mit So-
     phia Harding. Aber eigentlich
     mag ich sie nicht besonders. Ist
     der gut?

                    THOMASIUS
               (ein flüchtiger Blick auf
               den Bildschirm)
     Ja.
               (Pause)
     Er stirbt kurz vor Ende und hin-
     terlässt ihr das Waisenhaus, das
     sie bis an ihr Lebensende mit
     aller Hingabe betreut. Aber sie
     verliebt sich in keinen neuen
     Mann mehr. Nie wieder.

Eisige Stille.

Sein trockener, kalter Gesichtsausdruck - und
Annas erniedrigtes Wohlbefinden.

Dann geht er und schiebt die Türen hinter
sich zu.

Und sie bleibt allein in dem abgedunkelten,
fast schon erdrückenden Zimmer zurück.

                                    CUT TO:

AUSSEN. HOTEL - TAG

Der graue Klotz des Sternehotels ragt über
der Stadt, wie ein modernes Gefängnis. Und
darunter das gewohnt-geschäftige Treiben
eines Arbeitstages, an dem die Sonne gerade
genug Platz findet, um regelmäßig durch die
Wolken zu brechen.

Ein angenehmer Frühlingstag.

                                    CUT TO:

INNEN. BADEZIMMER - TAG

Anna liegt in der Wanne und suhlt sich in einem überquellenden Schaumbad.

Ihre Tasche ist als Türstopper direkt vor
der angelehnten Tür platziert, um neugierige
Blicke ins Innere des Badezimmers zu unter-
binden.

Anna schiebt ihre Schultern von einer Sei-
te zur anderen, den ersten guten Moment des
Tages in der gefüllten Wanne auskostend. Ihre
Augen sind geschlossen.

Der heiße Dampf, der sich um sie herum verteilt und den Spiegel vereinnahmt, lässt
einen ersten, winzigen Tropfen Schweiß von
ihrer Lippe perlen. Und ihr Arm führt die
Hand an ihrem Körper hinunter - bis durch die
kumulierende Schaumschicht, unterhalb der
Wasseroberfläche.

Sie bewegt ihre Hand hin und her. Langsame
Bewegungen der Ekstase, während sie mastur-
biert. Dann ...

... neigt sich ihr Kopf nach hinten - und
wieder hoch. Sie schüttelt ihn, lustvoll und
höchst intim. Ihre Hingabe transportiert sie
an einen anderen Ort. Dort, wo die Einsamkeit
keinen Unterschied macht. Anders als hier. Im
Jetzt. Der grausamen Realität.

Sie beißt sich auf die Lippen, zuckt mit den
Schultern, schiebt das Kinn nach vorn und
malträtiert ihre Lippen im Takt mit den Bewegungen unter dem Schaum.

Wild und schnell. Und wild ...

... und schnell. Und wild und ...

... irgendwann ...

... zutiefst elektrisiert, als ihr Körper
aufbegehrt ...

... und unter dem erlösenden Höhepunkt gegen den Wannenrand, und anschließend tief in
das heiße Wasser hinabsinkt. Erschöpft, aber
vollkommen befriedigt schmiegt sie sich in
die prickelnde Schaumwolke, die ihre empfind-
liche Brust kitzelt.

Und schließlich, unverhofft und aus dem
Nichts, ...

... beinahe ein Lächeln.

Beinahe.

CUT TO:

INNEN. SUITE - TAG

Max und Jonas betreten die Suite. Max hält die Tür
für seinen Kollegen auf, der mit einigen prallge-
füllten Kästen Obst und Gemüse bepackt ist.

> JONAS
> (quetscht sich durch die Tür)
> Zu gütig, man! Zu gütig.

Max lacht abwegig.

Thomasius kommt mit einer Tasse Tee durch das
Zimmer geschlürft, während Jonas die Kisten
auf dem Tisch ablädt.

> THOMASIUS
> Und was wird das?

> MAX
> (belustigt)
> Also dieser Kerl hat nicht mehr
> alle Latten am Zaun.

> JONAS
> Das beruht auf Gegenseitigkeit.

Max wühlt durch die Kisten voller Karotten,
Tomaten und Äpfel.

> MAX
> (zu Thomasius)
> Guck dir das an! Die Hälfte da-
> von kannst du wegwerfen. Das ist
> längst verfault.

JONAS
Übertreib mal nicht!

MAX
Spätestens morgen läuft das Zeug
grün an, kriegt Haare und lernt
selbständig Laufen.

Anna kommt aus dem Schlafzimmer, ein Handtuch
um die feuchten Haare gewickelt. Die Männer
nehmen kaum Notiz von ihr.

Thomasius greift sich eine Karotte.

JONAS
Das sind Nahrungsmittel von guten deutschen Bauern aus tradi-
tionellem Anbau.

MAX
(zu Jonas)
Siehst du *das*?
(holt einen glänzend ro-
ten Apfel aus seinem Beutel
hervor)
Das sind gute, saubere Produkte.

JONAS
Du würdest wahrscheinlich auch
einen Kleiderständer bespring-
gen, solang er nur hell genug
schimmert. Weißt du, mit wie-
viel Chemie die das Zeug besprü-
hen, damit das so aussieht? Ich
zahle gerade mal zwei Euro das
Kilo. Und ja, womöglich haue ich
das meiste davon weg. Aber we-
nigstens strahlt das Zeug mich

nicht an, wie ein Laborprodukt,
bevor ich es in mich reinstopfe.

                    MAX
              (beißt kräftig in den Ap-
              fel, grinst, genießt)
     Hmmmm ...

                    JONAS
     Je mehr du den Scheiß kaufst,
     desto mehr wird davon auch pro-
     duziert. Denk mal darüber nach!

Thomasius beißt in die bereits halbzersetzte
Karotte.

                    MAX
     Bäh!

                    THOMASIUS
     Benimm dich mal nicht wie ein
     Mädchen!

Anna tritt zwischen die Männer an den Tisch,
greift sich eine halb zermatschte Tomate aus
der Kiste und isst sie.

                    MAX
              (angewidert)
     Lecker.
              (Pause)
     Wirklich!

Der Nachrichtenton eines Handys ertönt.

Thomasius holt sein Telefon hervor und betrachtet die Nachricht auf dem Display.

>   THOMASIUS
>   Das ist doch jetzt ein Witz!

Die Jungs schauen auf.

Anna ebenso.

Dann hastet Thomasius ohne ein Wort zur Tür.

>   MAX
>   Und was soll *das* jetzt?

>   CUT TO:

INNEN. FOYER - SPÄTER

Thomasius streift durch die hinteren Gänge
des Hotels, läuft an der Rezeption vorbei -
ins Foyer - und findet ...

... Clarissa, die mitten in der Eingangshalle
steht. Sie ist Mitte Zwanzig; ein zierliches
Ding mit Hang zu charismatischer Selbstüber-
schätzung.

Sie entdeckt Thomasius hinter der Menge aus
an- und abreisenden Gästen und jenen, die
sich in einer der vielen Sitzgelegenheiten
etwas Zeit mit einer Zeitschrift oder Mitrei-
senden gönnen.

Thomasius schaut sich genau im Foyer um, als
er auf sie zuläuft - durchleuchtet jede Ecke
und jedes Gesicht, das sein Fokus auf die
Schnelle einfangen kann.

>   CLARISSA
>   Ein Hotel?

THOMASIUS
Was zum Teufel machst du hier?

CLARISSA
Du gehst in ein Hotel? Hasst du
mich so sehr?

THOMASIUS
(abgeklärt)
Ich hasse dich nicht, Clarissa -
ich verachte dich.
(Pause)
Was willst du hier?

CLARISSA
(zögert, seinen offenen
Groll verarbeitend)
Willst du dich rächen?

THOMASIUS
Wie bitte?

CLARISSA
Hältst du mich für blöd? Du bist
doch nicht allein da oben.

THOMASIUS
Wie hast du mich überhaupt ge-
funden?

CLARISSA
(hält ihr Handy hoch)
„Gesendet aus dem Kurhof, 10243,
Berlin."

Er verdreht die Augen.

                    CLARISSA
Für einen Bullen nicht besonders
clever.

               THOMASIUS
              (im Gehen)
      Pack deine Sachen und wirf den
      Schlüssel in den Briefkasten!

                    CLARISSA
               (versöhnlich)
      Ich dachte, wir würden nochmal
      darüber reden? ...

Thomasius dreht sich noch einmal zu ihr.

                    CLARISSA
      ... uns aussprechen.

               THOMASIUS
      Was du zu sagen hast, interes-
      siert mich nicht. Ich will, dass
      du aus meinem Leben verschwin-
      dest!

Stille.

Clarissa flüchtet sich verstohlen in Richtung
Boden und wirkt im nächsten Moment plötzlich
einlenkend.

                    CLARISSA
      Ich hätte damit kein Problem.

               THOMASIUS
              (kopfschüttelnd)
      Womit?

                    CLARISSA
        Geh hoch, fick sie und dann komm
        wieder nach Hause!

                    THOMASIUS
        Ich arbeite!

                    CLARISSA
                (patzig)
        Natürlich.

                    THOMASIUS
        Fick dich, Clarissa! Was uns be-
        trifft, hast du keinen Anspruch
        mehr - auf gar nichts. Also
        mach, dass du verschwindest und
        lass dein falsches Gesicht hin-
        ter der Türschwelle!
                (Pause)
        Heute Abend bist du verschwun-
        den!

Er kehrt sich vollends von ihr ab, verschwindet hinter der Rezeption und lässt sie mitten
im Treiben des Foyers zurück.

Sie sieht ihm nach. Geschlagen und grimmig.

Dann, nach einer Weile, ...

... nickt sie trist vor sich hin und trottet
zum Ausgang - den Blick immer wieder zurück-
werfend. In der vagen Hoffnung, ihn noch einmal zu erhaschen.

                                        CUT TO:

INNEN. SUITE - SPÄTER

Jonas bereitet am Bartresen einen ausge-
schmückten Bio-Teller zu, mit Zutaten aus den
daneben gestapelten Marktkörben.

                    MAX
          Wie oft isst du sowas?

                    JONAS
          Na jeden Tag.

                    MAX
          Gibt's in deiner Welt auch sowas
          wie Fleisch?

                    JONAS
          Klar! ... Einmal die Woche.

Max verdreht künstlich die Augen, als ...

... Thomasius zurückkommt.

                    JONAS
          Was war denn los?

                    THOMASIUS
              (gesellt sich an die Bar)
          Clarissa stand unten.

                    MAX
          Bitte was?

                    JONAS
          Deine Kleine?

                    MAX
        Ex! ...
                (zu Thomasius)
    Woher weiß die, dass wir hier sind?

Anna sitzt im Schlafzimmer auf dem Bett und
schnappt das Gespräch durch die offene Tür
auf.

Thomasius wirft sein Handy auf den Tresen.

                    THOMASIUS
        GPS war eingeschaltet, als ich
        ihr geschrieben habe.

                    JONAS
        Was wollte sie?

                    THOMASIUS
        Reden.

                    MAX
                (lacht)
        Die Schlampe hat Nerven.

Thomasius nickt lapidar vor sich hin.

                    MAX
        Und? Was hast du gesagt?

Thomasius starrt über Jonas' Schulter hinweg die verspiegelte Wand hinter der Bar an.
Ein kalter, trüber Blick, dem mehr fehlt, als
nur ein bewusster Ausdruck oder eine reelle
Emotion.

Es fehlt Leben.

CUT TO:

INNEN. HOTELBAR - ABEND

Thomasius sitzt mit exakt identischem Ausdruck allein an der Hotelbar. Nur ein einzel-
ner Gast sitzt im Hintergrund noch an einem
der kleinen Tische in dem abgegrenzten Barbe-
reich, der auf einer zweistufigen Erhebung an
das Foyer anschließt.

Ein Glas Whiskey steht vor Thomasius auf dem
Tresen. Er greift es - die Augen starr nach
vorn ins Nichts gerichtet - und nimmt einen
Schluck. So, als hätte er die letzten zwei
Stunden nichts anderes getan.

Dann sieht er sich um: Das Foyer ist zu dieser fortgeschrittenen Stunde fast ausgestor-
ben.

Der Barkeeper tauscht seinen Posten mit einer attraktiven, blonden Kollegin. Thomasius mustert sie, wie sie am anderen Ende des
Tresens den letzten Gast bedient, der noch
einen letzten, „wirklich allerletzten Drink"
verlangt.

Im nächsten Moment erhascht die Barkeeperin
sein Radar.

Thomasius verzieht keine Miene, sieht sie
einfach nur an.

Und kurz darauf ...

... lächelt sie - wirft ihm einen neugierigen
Blick zu.

Dann mixt sie einen Drink für den Gast zusammen, sucht nach einem Trinkröhrchen und einer Serviette, reicht ihm seinen Drink über den Tresen und schaut mit ihrem geschmeichelten Augenpaar wieder zurück, zum anderen Ende der Bar, wo ...

... Thomasius' Platz auf einmal leergefegt ist.

Sie schaut sich um. Doch er ist nirgends mehr zu sehen.

CUT TO:

INNEN. SUITE - SPÄTER

Thomasius betritt die Suite. Als er drinnen ist, findet er Jonas in einem der großen Sessel vor dem flimmernden Fernseher - eingedöst. Irgendeine politische Talkshow läuft noch im Hintergrund.

Er greift zur Fernbedienung und schaltet die Kiste aus.

Dann ...

... öffnen sich die Schiebetüren zum Schlafzimmer. Anna versucht, ihn möglichst nicht zu beachten; läuft zum Tresen, holt eine Flasche Wasser von unten hervor und gießt sich ein Glas ein.

Thomasius tritt ebenfalls an den Tresen, legt die Fernbedienung darauf ab, greift sich ein Messer und etwas Obst aus den Kisten und beginnt, eine Orange zu schälen.

Anna verfolgt die unsauberen Handgriffe und nimmt im selben Moment seine glasigen Augen wahr, die lose über dem Tresen hängen. Und so ...

... holt sie ein weiteres Glas hervor, stellt es in seine Nähe und gießt ihm Wasser ein.

Er sieht nicht auf. Keinen Moment lang. Doch er teilt die Orange und schiebt ihr einen Teller mit ihrer Hälfte hinüber.

Sie isst sie.

Dann schält er einen Apfel und tut dasselbe.

Beide schweigen. Eine ganze Weile lang. Keine großen Momente - nur flüchtige Blicke, die einander abwägen.

> ANNA
> War das heute Ihre Freundin?

> THOMASIUS
> (zögerlich)
> Ex.

> ANNA
> (trocken)
> Wieso? Haben Sie sie auch verprügelt?

Thomasius' getriebener Gesichtsausdruck. Undeutlich. Rau und kalt. *Sie sollte es eigentlich besser wissen.*

Erneute Stille zwischen ihnen.

Thomasius kaut introvertiert vor sich hin.

Und dann, nach einer Weile ...

              THOMASIUS
     Sie ist ein promiskuitives Mist-
     stück.

Pause.

              ANNA
     Aber Sie lieben sie noch.

Thomasius' verworrene Blicke. Vielleicht ein
Eingeständnis.

              ANNA
     Glauben Sie, dass ausgerechnet
     ich das verurteilen würde?
        (Pause)
     Ich liebe ihn auch noch. Ist
     wahrscheinlich das Absurdeste
     ... oder Heuchlerischste, das
     jemand in meiner Situation be-
     haupten kann.

Keine Antwort. Nur halbe, verlorene Blicke,
die an ihr abstreifen und wieder absinken.

Desinteresse - eventuell auch nur der Alko-
hol.

              ANNA
       (lässt den Kopf schwermütig
       herabsinken)
     Ich habe das nicht gewollt. Dass
     sowas ...
        (Pause)
     Das hatte ich mir bestimmt nicht
     ausgesucht.

>   THOMASIUS
>   (zustimmend)
> Hhmmm ...

Sie schaut wieder auf.

>   THOMASIUS
>   (angetrunken)
> Ist schwer, bei all dem den
> Überblick zu behalten. Bei all
> den teuren Reisen, den Autos,
> den schicken Klamotten ... Und
> dazwischen die regelmäßigen Po-
> lizeikontrollen ... Geschäftsbe-
> suche von Brüdern, Cousins, ...
> noch mehr Neffen und Onkeln ...
> Niemand von außen ... Niemals
> ... Immer nur der engste Famili-
> enkreis um einen herum.
>   (Pause, rastvolle Blicke)
> *Ja, was nicht schön ist, darüber re-
> det man nicht; das sieht man nicht;
> davon hat man nie was gehört.*
>   (Pause)
> Wie lange geht das eigentlich
> gut, ehe man anfängt, unruhig zu
> schlafen?

Kein Wort - keine Reaktion.

>   THOMASIUS
> Träumen Sie manchmal davon? Von
> den Männern?

>   ANNA
> Ich habe nie jemandem was getan.
>   (Pause)
> Okay? Ich habe nichts getan!

>   THOMASIUS
>   Das reicht ja auch schon, oder?

Ein Moment beiderseitiger Wahrheit, der zu kippen droht.

>   ANNA
>   Versuchen Sie nicht, Menschen zu
>   verurteilen, von denen Sie kei-
>   ne Ahnung haben! Ich kann mir
>   vorstellen, dass Ihnen das jetzt
>   gut tut. Wirklich! ... Aber
>   vielleicht fahren Sie in Zukunft
>   besser damit, den Alkohol nicht
>   zu oft für sich sprechen zu las-
>   sen.

Dann lässt sie ihn stehen, verlässt zügig das Wohnzimmer und ...

Rrrrruumms!

... zieht ruppig die Schiebetür hinter sich zu.

Jonas schreckt von den aufeinanderdonnernden Türen auf.

>   JONAS
>   *Was* ... Hm ...?
>   (sieht sich hektisch um;
>   versucht krampfhaft, die
>   Augen aufzureißen)
>   Bin ich eingepennt?

Thomasius hockt gedankenverloren an der Bar. Still und in sich gekehrt.

                                              CUT TO:

AUSSEN. CAFÉ - TAG

Die frühlingsreifen Sonnenstrahlen werden vom
Glas der Hotelfenster reflektiert und werfen
spitze Lichtblenden auf die Menschen, die
ein Dutzend Stockwerke weiter unten durch die
Straßen streifen, während ...

... Thomasius an einem kleinen Tisch gegenüber des Hotels sitzt und das Treiben auf der
Straße beobachtet:

Die vorbeiströmenden Menschen, ...

... die Fahrzeuge auf der Straße ...

... die gesamte Umgebung.

Alles ruhig; nichts lässt auf etwas Verdächtiges schließen.

                    KELLNERIN
              Darf es noch was sein?

                    THOMASIUS
                 (hebt seine Tasse)
              Noch einen Kaffee!

                    KELLNERIN
              Wieder schwarz?

                    THOMASIUS
              Tiefschwarz.

Die Kellnerin geht ab. Und Thomasius starrt
hinauf auf Annas Zimmer.

Die Vorhänge sind dicht.

CUT TO:

INNEN. FOYER - SPÄTER

Thomasius streift durch das Foyer, überblickt
das Areal im Erdgeschoss und scannt jede Person:

Jeden, der ihm entgegenkommt, ...

... alle Reisenden in den Sitzecken mit ihren
zahllosen Koffern, ...

... selbst die Rezeptionisten.

Alles scheint sauber.

INNEN. TREPPENAUFGANG - SPÄTER

Er steigt die Treppen hinauf und ...

INNEN. HOTELFLUR 2. ETAGE - SPÄTER

... durchforstet jede Etage, bis ...

INNEN. HOTELFLUR - SPÄTER

... er auf seiner Etage angelangt ist.

Alles ruhig.

Er geht zur Zimmertür der Suite - und als
er davorsteht und den Schlüssel ins Schloss
stecken will, schwenkt er plötzlich nach
rechts; durch den Flur, dort, wo ...

... am anderen Ende ein Mann in Anzug und
Sonnenbrille um die Ecke biegt und die Zim-
mernummern prüft.

Thomasius zieht die Hand vom Türgriff zurück.

Und kurz darauf ...

... bemerkt ihn der Unbekannte - jetzt nur
noch drei Türen von ihm entfernt. Der Mann
stoppt, schaut Thomasius entgegen, prüft irritiert die Nummer des Zimmers, vor dem er
steht, und ...

... macht hastig kehrt; verschwindet schnell
wieder um die Ecke.

Thomasius geht ihm nach, tastet mit der Hand hinter
seinen Rücken - seine Dienstwaffe in greifbarer Nähe
wissend. Er schleicht zum Ende des Ganges, eng an
der Wand zur Ecke des Flurs entlang und hört, wie
die Tür zum Treppenaufgang aufgestoßen wird.

Er schaut um die Ecke - nichts zu sehen. Nur
die aufgeschobene Tür, die jeden Moment zurück
ins Schloss fällt.

Thomasius hechtet zur Tür, stoppt sie, bevor
sie zuknallt und späht ins ...

INNEN. TREPPENHAUS - TAG

Er hört die Schritte, sieht erst nach unten,
dann hinauf ...

... und findet die heraufeilenden Füße des
Mannes. Thomasius lässt die Tür leise hinter
sich schließen und schleicht ihm nach.

In der nächsten Etage begibt sich der Mann
durch die Tür in den oberen Flur. Thomasius flitzt hinauf - ihm nach - hält im letzten
Moment noch die Tür auf und ...

INNEN. HOTELFLUR OBERE ETAGE - TAG

... späht in den Flur. Er sieht den Mann um
die Ecke biegen. Thomasius folgt ihm - bis
zur Ecke am Ende des Flurs.

Tock - Tock - Tock. Ein hastiges Klopfen.

> MANN
> (hastig)
> Beeil dich, mach auf!

Thomasius drückt sich gegen die Wand, zieht entschlossen seine Waffe und entsichert sie. Dann
späht er um die Ecke, wo der Unbekannte steht -
und vor dem eine Tür aufgeht, hinter der ...

... ihn eine junge Frau bespringt.

> FRAU
> (freudestrahlend)
> Du hast es geschafft! Du hast es
> geschafft!

> MANN
> (fängt sie in der Luft auf,
> stemmt ihren zierlichen
> Körper)
> Klar, Baby! Was dachtest du
> denn?

Die beiden küssen sich. Wild und wiederkehrend. Kurz darauf verschwinden sie im Zimmer.

                    FRAU
          Ich habe schon gedacht, sie
          lässt dich nie gehen.

Die Kussgeräusche schwellen ab, als die Tür
zukracht.

Thomasius atmet durch, sichert die Waffe,
schüttelt selbstkritisch den Kopf und ...

... klopft sich wiederholt mit dem Pistolen-
lauf gegen die Stirn - wachrüttelnd; sich
selbst zur Besinnung zwingend.

Dann, nachdem er die Fassung über seinen Ver-
stand allmählich zurückgewonnen hat, atmet er
kräftig durch.

                              CUT TO:

INNEN. SUITE - SPÄTER

Max sitzt auf der Couch, hat die Füße hochge-
legt und verfolgt ein Football-Spiel im Fernsehen, als Thomasius die Suite betritt.

                    MAX
          Hey!

               (betrachtet ihn näher, sar-
               kastisch)
          Siehst gut aus.
               (Pause)
          Alles okay?

Thomasius nickt stumm in Max' Richtung.

Dann schieben sich die Türen des Schlafzimmers auf und Anna betritt das Wohnzimmer.

                    MAX
                 (streng)
      Ich rufe gleich unten an. Sagen
      Sie Bescheid, was Sie essen wol-
      len!

Anna schweift über Thomasius' abgekämpfte Erscheinung.

                 THOMASIUS
            (Richtung Fernseher)
      Wie steht's?

                    MAX
      Vierundzwanzig - einunddreißig.
      Und ich wette, dass New England
      gleich 'ne Menge Tränen ver-
      teilt.

                 THOMASIUS
      Halte ich dagegen.

                    MAX
                (skeptisch)
      Alter, das ist nicht mal mehr
      ein Yard!

                 THOMASIUS
      Das ist die beste Defense der
      letzten zehn Jahre. Die Wahr-
      scheinlichkeit, dass die im
      Vierten einen Touchdown zulas-
      sen, liegt bei unter dreißig
      Prozent.

Anna verfolgt ihr Gespräch.

Kurz darauf starren beide Männer auf den
Bildschirm. Und dann geht's los:

New England snappt kurz vor der Endzone. Sofort der Blick des Quarterbacks mit anschlie-
ßendem Pass auf die linke Seite. Dort, wo der
Receiver sich gegen seinen Verteidiger nach
vorn schiebt, mit diesem beinahe selbst vornüber zu Boden fällt, sich jedoch im letzten
Moment mit dem Fuß nach oben abstoßen kann,
in Richtung des heranfliegendes Balles springt
und ...

... ihn um Haaresbreite verfehlt.

                    MAX
          Fuck!!!

Die Spieler auf dem Feld wedeln mit der Hand,
um eine Strafe zu signalisieren.

                    MAX
               (hebt ebenfalls die Hände)
          Was?

Doch die Strafe bleibt aus. Keine Flagge.

Die Defense rettet den Tag.

                    MAX
               (ernüchtert, zu Thomasius)
          Und den Scheiß hast du in deinem Kopf?

                    THOMASIUS
          Ich steh nun mal nicht so auf
          Fußball.

                          ANNA
          Hey!

Die beiden Männer schauen auf.

                          ANNA
              Können wir heute nicht einfach
              eine Pizza bestellen?

                          MAX
                      (abwegig)
              Wie sieht denn das aus?

INNEN. FOYER - ABEND

Ein Pizzabote kommt durch die Lobby, schaut
sich gelassen um, spaziert schnurstracks auf
die Rezeption zu und bleibt vor einer ver-
wirrten Rezeptionistin stehen.

                          PIZZABOTE
                      (lächelnd)
          Hi!

                                          CUT TO:

INNEN. SUITE - SPÄTER

Die Pizzaschachteln auf dem Tisch werden auf-
geklappt.

                          MAX
                      (genüsslich)
              Hhmmmm ...

Im Hintergrund betritt Jonas die Suite.

                    THOMASIUS
        Wo kommst du denn her?

                    JONAS
            (ergötzt sich an den fri-
            schen Pizzen)
        Ich ziehe gleich noch mit ein paar
        Jungs los, aber habe gehört, bei
        euch gibt's „Lecker-Lecker".

Jonas greift sich ein Stück aus Max' Schachtel.

                    MAX
            (klatscht ihm auf die Hän-
            de)
        Hey!

Jonas lacht - behält das Stück fest in der Hand.

                    MAX
        Gieriger Drecksack!

                    THOMASIUS
        Haut rein! Ab morgen müsst ihr
        euch wieder mit Kalbsbraten und
        Hirsch auf Rotweinsoße abfinden.

                    JONAS
            (sarkastisch)
        Oh nein!

                    MAX
            (dito)
        Was für ein mieser Abfuck.

                    JONAS
            (setzt sich)
        Wer kam denn auf die grandiose Idee?

                    MAX
        Unser Prinzesschen hier.

Annas Gemüt kratzt mit einem Mal auffällig an
ihrem Äußeren.

                    ANNA
            Ich heiße Anna!

                    MAX
                  (mampft)
        Hmmm ... *Prinzessin Anna.*

Sie starrt ihn an. Erschöpft - und wütend
zugleich.

                    MAX
        Was? Ist doch alles sehr fürst-
        lich hier, oder nicht? Drei
        warme Mahlzeiten, ein königli-
        ches Bett, rund um die Uhr per-
        sönliches Geleit. Und am Ende
        des Regenbogens wartet ein völ-
        lig neues Leben mit neuer Iden-
        tität, extra Starthilfe, ...
        Ein kompletter Neuanfang. Und
        alles, was sie dafür tun muss,
        ist sich vor einen Richter zu
        setzen und zu sagen: *Ja!* Ja,
        ich habe zugesehen, wie drei
        Menschen erschossen und zer-
        stückelt wurden.
                  (lehnt sich zu ihr)
        Und ich habe nichts gesagt - nur
        schön meine Klappe gehalten.
        Weil ich ein geldgeiles, ver-
        wöhntes Miststück bin.

                    ANNA
                (springt auf)
        Verdammtes Arschloch!

                    MAX
                (springt ebenfalls auf)
        Sei froh, dass du dein Bett
        nicht mit mir teilen musst,
        Schätzchen!

                THOMASIUS
                (schreit)
        Max!

Max schaut zu ihm.

                THOMASIUS
            Das reicht! ... Setz dich!

Ein brodelnder Moment, der jede Sekunde zu einem
Pulverfass überstürzter Handlungen führen könnte.

                    MAX
                (irritiert)
        Was?

                THOMASIUS
            Ich will in Ruhe essen. Also
            setz dich hin!

Max' Ausdruck wächst zu einem zornigen Unge-
tüm heran, das sich verraten und enttäuscht
von seiner Seele löst. Er schnappt sich seine
Pizzaschachtel, drückt Anna noch einen eindeutigen Blick entgegen und trabt zornig
hinüber zur Couch, in die er sich mit seiner
Pizza hineinfallen lässt und den Fernseher
anstellt.

THOMASIUS
(zu Anna)
Wollen Sie da stehenbleiben?

Sie füllt ihre Augen mit Dutzenden Anklagen,
diesmal unmittelbar an Thomasius gerichtet.

Dann macht sie wütend kehrt; stampft ins
Schlafzimmer und zieht die Türen hinter sich
zu.

Anschließend herrscht allgemeine Stille im
Raum. Nur der Fernseher dröhnt noch durch
das Zimmer, auf dem ein Musikvideo der Band
Refused läuft. Und die Momente vergehen zwischen düsteren Gitarrenriffs und klassischen
Schlagzeug-Rhythmen, ehe eine raue Männer-
stimme sich dazwischenschaltet und plötzlich
alles nur noch schreit.

„... Servants of deeeeeeeeeeaaaaaaaath ..."

THOMASIUS
(mit dem Rücken zu Max)
Was soll der Scheiß, Max?

MAX
Ob das hier die richtige Frage
ist, Tom?

THOMASIUS
Das Mädchen ist so schon völlig
am Arsch. Da musst du nicht noch
nachtreten!

Max schüttelt unbelehrbar den Kopf.

INNEN. SCHLAFZIMMER - ABEND

Anna lehnt direkt hinter der Schlafzimmertür
und verfolgt Thomasius' Worte.

                    THOMASIUS (O.S.)
        Keiner verlangt von dir, Net-
        tigkeiten mit ihr auszutauschen,
        aber du sollst ihr auch nicht im
        Minutentakt Scheiße an den Kopf
        werfen.

INNEN. SUITE - ABEND

                    THOMASIUS
Es sei denn, du willst, dass wir noch länger
hier oben hocken.

                    JONAS
        Ja, Tom! Aber die hing mit drin.

INNEN. SCHLAFZIMMER - ABEND

                    JONAS (O.S.)
        Sie ist mitverantwortlich. Und
        sie wird dabei straffrei ausge-
        hen. Willst du ihr dafür hier
        den roten Teppich auskehren?

Anna schließt die Augen - eine Träne entrinnt
ihrem Lid und läuft müde an ihrer Wange hinunter.

INNEN. SUITE - ABEND

                    JONAS
        Du bist immer noch ein Bulle!

Wohlüberlegt wählt Thomasius seine nächsten
Worte.

> THOMASIUS
> Wir machen unseren Job und sind
> nach Dienstag hier weg.

> MAX
> (zustimmend)
> Hmm ... Sie allerdings auch.

Thomasius dreht sich zu Max.

> MAX
> (scharf)
> Wirst du sie vermissen?

Ihre Blicke beginnen, unangenehm aneinander
zu haften.

> THOMASIUS
> Kommt dir der Job hier ungelegen?
> So wie ich das sehe, würden sich
> die meisten Kollegen momentan
> die Finger danach lecken. Benimm
> dich nicht, wie ein Arschloch!
> Mehr verlange ich nicht.

> MAX
> Ich vergesse nicht, wer ich bin.
> Und das solltest du auch nicht!

> THOMASIUS
> Es steht uns nicht zu, ihre Si-
> tuation zu bewerten. Unabhängig
> davon, was sie getan oder nicht
> getan hat.

                    MAX
        Bist du sicher, dass du auf dem
        Weg zum Jurastudium nicht doch
        irgendwo falsch abgebogen bist?

Thomasius wendet sich von ihm ab, dreht sich
wieder zum Tisch.

Und Max ...

... steht plötzlich auf und steuert, vollkommen erleuchtet, auf Thomasius zu.

                    MAX
        Ach du Scheiße ... Die hat dich
        ja voll eingewickelt, hm ...?

                    JONAS
        Okay, Jungs! Ich verschwinde.
        Macht das unter euch aus! Was
        ... auch immer das hier ist.

                    MAX
              (Thomasius fest fokussiert)
        Warte! ... Ich komme mit.

Max holt seine Jacke. Dann bleibt er noch
einmal direkt hinter Thomasius' stehen.

                    MAX
        Tu mir nur einen Gefallen, so-
        lang du mit ihr allein bist,
        ja? ... Tu nichts, was ich nicht
        auch tun würde!

Thomasius schaut düster zu ihm auf.

Und Max lächelt selbstgerecht vor sich hin.

Dann folgt er Jonas durch die Tür.

„Servants of deeeeeaaaaath" dröhnt es in
letztem Hall aus dem Fernseher, während Thomasius der Hunger allmählich vergeht und
er das letzte Stück Pizza in die halbvolle
Schachtel zurückwirft.

Wiley's *„Can't go wrong"* schließt sich an den
Punk-Song an und schickt sirenendurchzogene
Töne durch den Raum, in dem Thomasius nun al-
lein vor dem Rest des Essens sitzt.

Irgendwann steht er auf, greift zur Fernbedienung und stellt das partydurchleuchtete
Musikvideo aus. Da ...

... kommt Anna aus dem Schlafzimmer.

                    ANNA
            Danke, ... dass Sie ...

Er wendet sich von ihr ab - noch bevor sie
fortfahren kann.

Sie überfliegt den Esstisch, geht hin und
packt die Schachteln zuammen. Thomasius kocht
sich derweil einen Tee, während sie den Tisch
abräumt und in der kleinen Ecknische zwischen
Esstisch und Couchgarnitur das angefangene
Bao-Spielbrett entdeckt.

                    ANNA
            Ich habe so ein Brett das erste
            Mal in Dubai gesehen. Spielen
            Sie?

Thomasius beobachtet sie von gegenüber, antwortet nicht und gießt stattdessen nur stumm den Tee ein.

> ANNA
> (überfliegt das Spielbrett)
> Ich habe Berzan mal eins zum Ge-
> burtstag geschenkt.
> (beginnt, Steine aus der
> ersten Mulde zu verteilen)
> Aber wir haben nur einmal mit-
> einander gespielt.

> THOMASIUS
> (zögerlich)
> Und wieso?

Sie pickt einige Steinchen aus der nächsten Mulde, verteilt sie in die nachfolgenden; nimmt neue auf, verteilt sie weiter und leert sämtliche Mulden auf der gegnerischen Seite. In einem Zug. So lange, bis ...

... die gegnerische Reihe leer ist. In einem einzigen Zug hat sie die verlorengeglaubte, ein-seitige Ausgangssituation der Partie gedreht.

> THOMASIUS
> (ironisch)
> Tja, Männer haben ihren Stolz.

> CUT TO:

SPÄTER

Beide sitzen sich in der Nische am Spielbrett gegenüber und bewegen abwechselnd ihre Stei-ne.

Sie schweigen, konzentrieren sich auf das
Spiel. Vielleicht ist es aber auch nur die
Anspannung, die sie voneinander trennt - und
die zweifellos den Umständen ihrer Situation
geschuldet wäre.

Doch dann, irgendwann ...

                    ANNA
        Sie können mich nicht leiden.

Thomasius schweigt.

                    ANNA
        Kann ich Ihnen nicht verübeln.

                  THOMASIUS
              (ins Spiel vertieft)
        Sie bedeuten Ärger, das ist al-
        les.

                    ANNA
                (verwundert)
        Ich mache Ihnen also Ärger?

                  THOMASIUS
        Nein. Sie *bedeuten* Ärger. Das
        Ironische daran ist, dass Sie
        dafür nicht mal etwas tun müs-
        sen.

                    ANNA
        Warum haben Sie dann das Wort
        für mich ergriffen?

                  THOMASIUS
        Einen Scheiß habe ich.

Seine urplötzliche, harte Wortwahl erschreckt
sie.

Stille.

ANNA
(zögerlich)
Verlangt man das von Ihnen?

Er schaut auf.

ANNA
... nett zu mir zu sein?
(Pause)
Ich habe seitdem keinen Gedanken
daran verschwendet, es wieder zu
versuchen. Sie können sich das
Getue also sparen.

Er sieht ihr tief in die Augen.

ANNA
Sie haben es ja selbst gesagt:
Ich bin am Arsch. Ich sage aus -
und das war's. Ich helfe, Ge-
rechtigkeit wiederherzustellen
und zahle den Rest meines Le-
bens den Preis dafür. Irgendwo,
an einem falschen Ort und unter
falschem Namen. Allein.
(Pause)
Wäre ich nicht zur Polizei ge-
laufen, hätte ich zumindest noch
ein Leben gehabt.

THOMASIUS
Ein Leben unter Kriminellen.

Sie schaut hochnäsig auf.

                THOMASIUS
    Das endet nie so, wie man es
    sich vorstellt. Glauben Sie mir!

                  ANNA
    Nur hilft das auch den drei Män-
    nern nicht mehr. Egal, wieviel
    ich am Ende erzähle.
        (Pause, ein Blickwechsel)
    Hätte ich stärkere Nerven und
    würde nicht jede Nacht in meinem
    eigenen Schweiß aufwachen, wür-
    de mich selbst unter Kriminellen
    noch etwas Würdigeres erwarten
    als im Zeugenschutz.

                THOMASIUS
    Ich habe viele erlebt, die die-
    sen Weg gegangen sind.
              (Pause)
    Die Wahrheit ist: Ein Kriminel-
    ler vom Kaliber Ihres Freundes
    kann im Grunde ein halbes Leben
    lang fast problemlos vor sich
    hin wirtschaften. Zwischen all
    den Razzien und Kontrollen, die
    ihn aus seiner Komfortzone lok-
    ken sollen, damit er einen Fehler
    begeht, muss er nur die Nerven
    behalten. Und behutsam vorge-
    hen. Kein Krimineller, der auch
    nur ein bisschen was im Kopf
    hat, geht in Deutschland ins Ge-
    fängnis. Es läuft höchstens auf
    Geldstrafen oder Bewährung hin-
    aus - *wenn er es ruhig angehen*

lässt. Was Menschen aber immer
in die Quere kommt, ist die Gier
- das Ächzen nach Macht. Und bei
all den Waffen und Betrügereien,
die Kurdî mittlerweile ins Spiel
gebracht hat, wird das Ganze irgendwann zu politisch. Und
das sollte man nicht riskieren.
Schon gar nicht in einem Staat,
der so sehr in seiner eigenen
Bürokratie ersäuft, dass selbst
das Verbrechen nicht mehr einge-
dämmt - sondern vielmehr verwal-
tet werden muss.

Er ist am Zug, bewegt die Steine.

                    ANNA
        Sie haben wohl nicht viel für
        ihren Job übrig?

                    THOMASIUS
        Er hält mich am Leben. Und ich
        finde hin und wieder Schlupflöcher,
        durch die ich was bewirken kann.

Stille.

Eine auszuhaltende Stille. Warm und ehrlich.

                    ANNA
                 (aufrichtig)
        Tut mir Leid, dass ich Ihnen Är-
        ger bereite.

Ein Blickwechsel. Ruhig, gefestigt und ohne
Anschuldigungen. Nur zwei Menschen, die sich
unterhalten.

Mehr oder weniger.

                    THOMASIUS
                   (nüchtern)
          Wenn man es genau nimmt, haben
          wir wohl beide keinen allzu gro-
          ßen Einfluss darauf.

Sie lächelt.

                                        CUT TO:

SPÄTER

Thomasius steht an der Bar und gießt sich
einen Kaffee ein, als Max von draußen die Tür
aufschließt und die Suite betritt - ihn vollkommen ignorierend.

                    MAX
              (greift zum Tisch)
          Habe mein Handy vergessen.

Dann will er wieder gehen, macht aber im
letzten Moment doch noch einmal kehrt, als
Thomasius sich gerade in die Sitznische nie-
derlässt.

                    MAX
          Hör mal, Tom, das mit vorhin ist
          mir ein bisschen entglitten. Ich
          will nicht ...

Und als er tiefer ins Zimmer tritt, entdeckt
er Anna, die Thomasius am Spieltisch direkt
gegenübersitzt.

Thomasius verzieht keine Miene. Max hingegen erstarrt förmlich. Und sein Ausdruck wechselt urplötzlich von aufrichtiger Demut zu uneingeschränkter Feindseligkeit.

Er steht da und starrt die beiden an, die vor dem Brettspiel sitzen, als würden sie es jeden Tag tun.

Max atmet heftige, schnelle Züge. Immer rasanter - bis er seine Wut kaum noch kontrollieren kann. Und kurz bevor der innere Vulkan nach außen durchzubrechen droht, ...

... verlässt er schnellen Schrittes die Suite und lässt die Tür laut hinter sich zuknallen.

Thomasius sieht ihm nach - in dem Bewusstsein, allen Zorn seines Kollegen nun endgültig auf sich geladen zu haben.

                                        CUT TO:

INNEN. FITNESSRAUM - TAG

Thomasius' verschwitztes Gesicht wippt hin und her, während er sich auf dem Laufband austobt. Sein Shirt ist schweißgetränkt und durch die Kopfhörer drängen die gitarrenlastigen Töne aus *Bullet for my Valentine's* Album „Scream Aim Fire", während er ...

SPÄTER

... Russian Twists mit dem Medizinball macht, ...

„Rip this world to pieces ..."

SPÄTER

... das Latzug-Gerät maximal auslastet ...

„Befriend my enemies ..."

SPÄTER

... und klassische Kurzhantel-Curls ab-
solviert. Alles mit hoher Intensität und
unerschöpflichem Kampf; als würde er den
inneren Schweinehund an diesem Morgen für
ein ganzes Jahr im Voraus bändigen wollen.

„The world is on your shoulders ..."

CUT TO:

INNEN. HOTELFLUR - SPÄTER

Mit der Sporttasche in der Hand kehrt er ...

INNEN. SUITE - TAG

... in die Suite zurück.

>   THOMASIUS
>   (begrüßt Jonas)
>   Hey.

Jonas sitzt in einem Sessel, liest eine
Sportzeitschrift und nickt ihm entgegen.

>   THOMASIUS
>   Was riecht denn hier so?

                    JONAS
                (aufgesetzt)
        Wusstest du das nicht? Heute ist
        Beauty-Tag. Ich sitze hier seit
        zwei Stunden zwischen Holunder-
        blüten-Lotion und Chanel-No. 5
        und überlege mir Geschichten,
        die ich auftischen kann, wenn
        ich nach Hause komme und wie
        eine Parfümerie rieche.

                    THOMASIUS
        Wo ist sie?

                    JONAS
        Nebenan. Macht sich die Nägel.

INNEN. BADEZIMMER - SPÄTER

Thomasius steht unter der Dusche, wäscht sich
den Schweiß vom Körper und klärt sein Gesicht, als ...

... sich jemand dem Badezimmer nähert, die
angelehnte Tür behutsam aufstößt und sich zur
Dusche vortastet. Langsam. Vorsichtig.

Thomasius bemerkt nicht, wie sich die Duschtür hinter ihm öffnet und eine Hand sich um
sein Gesäß herum bis zu seinem Genitalbereich
vortastet. Erst als die Hand zwischen seinen
Beinen verschwindet, da ...

... dreht er sich aufgescheucht um ...

... und findet Anna, die ihm bereits so nahe
ist, dass sich einzelne Strähnen ihrer nassge-
sprenkelten Haare an seine Brust heften.

Ein tiefer Atem, gefolgt von einem lauten
Stöhnen. Rau und intim. Unklar, von wem aus-
gehend. Eine Form unbändigen Verlangens liegt
in der Luft, als sie sich gegenseitig be-
trachten.

Ungeachtet seiner Reaktion bearbeitet Anna
seinen Penis. Immer und immer weiter. Dabei
schaut sie ihm tief in die Augen.

Erneutes Stöhnen. Tief, aber keinesfalls
leidenschaftlich. Vielmehr hektisch. Triebge-
steuert.

Und dann ...

... umfasst er ihr Gesicht, fährt ihr über
die wasserbenetzten Wangen, packt sie am
Haar und zieht ihren Kopf nach hinten;
überstreckt ihren Nacken, bis ihre Lippen
sich lustvoll öffnen, er sich zu ihr vor-
beugt und ...

INNEN. SUITE - TAG

... plötzlich aufwacht.

> ANNA
> (rüttelt ihn wach)
> Hey!

Thomasius schreckt hoch, atmet in ekstati-
schen Schüben.

Anna steht im Bademantel vor ihm.

> ANNA
> Alles okay?

                    THOMASIUS
     Ja.

Er hockt tief versunken im Sessel und versucht, sich zu fassen. Dann bemerkt er, dass
seine Waffe offen vor ihm auf dem Tisch liegt.
Er schüttelt sich durch, fährt sich durchs
Gesicht.

                    ANNA
                 (verschmitzt)
        Muss ja ein Wahnsinns-Traum ge-
        wesen sein.

Sie lenkt die Augen nach unten. Er folgt ihrem Blick und ...

... erkennt die deutliche Beule in seiner
Hose. Dann ...

... setzt er sich zügig auf und greift nach
seiner Waffe, prüft - die unangenehme Situation überspielend - das Magazin und steckt sie
in sein Holster.

Anna lächelt.

                    ANNA
        Ich mache Ihnen erst mal Kaffee.

Sie geht zur Bar, während er weiter damit be-
schäftigt ist, seine Erektion zu verstecken.
Ein sinnloses Unterfangen.

Dann kommt Jonas durch die Tür.

                    JONAS
        Morgen!

CUT TO:

INNEN. SWIMMING POOL - MORGENGRAUEN

Anna schwimmt ihre Bahnen, während Thomasius
die Umgebung und den Zugang zwischen Pool und
Hotelbereich im Auge behält.

Sie schwimmt jetzt halbe Bahnen; bleibt jedoch nach wie vor auf Distanz zu ihm. Aber
hin und wieder, wenn er sich umsieht und es
nicht mitbekommt, beobachtet sie ihn heimlich.

CUT TO:

AUSSEN. HOTEL - SPÄTER

Ein neuer Tag setzt sich fort.

INNEN. HOTELFLUR - SPÄTER

Anna und Thomasius laufen den Flur entlang
zur Suite.

INNEN. SUITE - TAG

Gemeinsam betreten sie das Zimmer. Er begibt
sich an die Bar - sie ins Badezimmer.

Und als er gerade frisches Wasser aufkochen
lässt, hört er im Hintergrund, wie das Wasser in der Dusche aufgedreht wird und auf den
Boden prasselt. Er hält inne, schaut auf - in
eindeutigen Gedanken festgefahren - und versucht zwanghaft, die jüngsten Erinnerungen an
diesen wirren Traum von ihm und ihr unter der
Dusche abzuschütteln.

Ein Klingelton! Er prüft sein Handy.

THOMASIUS' POV: „VW UND MERCEDES SIND SAUBER.
KEINE EINTRÄGE, KEINE TREFFER BEIM ABGLEICH
DER FAHRERDATEN. MFG. REITER."

Dann ...

... kommt Max durch die Tür.

> JONAS
> (im Sessel)
> Hey, man!

Max nickt nur ab, erwidert nichts - hält an
den felsspaltenartigen, grimmigen Kerben in
seinem Gesicht fest und findet Thomasius an
der Bar.

> THOMASIUS
> Ein bisschen früh für dich, oder?

> MAX
> Einer muss ja den Überblick be-
> halten.

Thomasius und Max löchern sich in einem tief-
schwangeren Staredown über die gesamte Spann-
weite dieser komfortablen Suite.

Und schließlich, nach einer kleinen Weile,
...

> THOMASIUS
> Kaffee?

Max zieht seine übergeworfene Windjak-
ke aus, wirft sie über einen Stuhl und geht

zum Bartresen, während die Kaffeemaschine im
Hintergrund zu knarren und mahlen beginnt
und Jonas sich gespannt im Sessel zu seinen
beiden Kollegen umdreht, um das Schauspiel
zwischen den Männern mitzuverfolgen.

Eine brüchige Atmosphäre legt sich über sie,
als Thomasius ohne einen einzigen Laut vor der
Maschine wartet und halb Max, halb den Kaffee
beobachtet, der gemächlich in die Tasse fließt
– unter dem zehrenden Knattern der Maschine.

Dann schiebt Thomasius Max die Tasse hinüber.

Max nimmt einen ersten Schluck.

                    MAX
            (in seinen Kaffee vertieft)
        Hattest du einen netten Abend?

                 THOMASIUS
                  (Pause)
        Treib es nicht auf die Spitze!

Max schaut erhärtet zu ihm auf. Und unter den
düsteren, unlesbaren Augenpaaren ...

... Schweigen. Lang und ausnahmslos schwer.
Wie der Tagesmarsch durch verbrannte Steppe.
Ziellos, aber brachial. So wie der Mensch in
seinem innersten Selbst.

Die Momente strecken sich, scheinen kaum zu
verstreichen, bis ...

... die Schiebetüren im Hintergrund aufgehen,
Anna ins Wohnzimmer lugt und sich schlagartig
in Max' unberechenbarer Mimik verfängt.

                    MAX
          Das Bad ist dann wohl frei.

Max steht auf, geht ins Badezimmer und
streift auf dem Weg an Anna vorbei, die sich
eng an die Wand drückt, um Distanz zu ihm und
seiner aufdringlichen Art zu wahren.

Anna starrt zu Thomasius - sucht Halt in seinem Wesen. Und er starrt zurück - sanft, doch
gleichzeitig irgendwie verlassen. Unbehaglich
irren ihrer beider Blicke durchs Zimmer. Voneinander abwendend - aber auch immer wieder zu
ihrem Gegenüber zurückfindend. Wie eine jahre-
lang erprobte Angelegenheit, die man kaum ab-
legen kann, da sie einem viel zu vertraut ist.

                  THOMASIUS
              (ruft zu Jonas)
          Ich bin dann weg.

Jonas, wieder in seine Zeitschrift vertieft,
reckt nur den Daumen in die Luft. *Geht klar!*

Thomasius schweift noch einmal unabdinglich
über Annas aufgefrischtes Äußeres - und geht
schließlich zur Tür.

                    ANNA
          Wie steht's heute Abend um meine
          Revanche?

                  THOMASIUS
              (dreht sich um)
          Wie bitte?

Jonas beobachtet sie beide.

ANNA
(leicht verunsichert)
Wenn ... wenn Sie zurück sind ...

Thomasius nähert sich ihr.

THOMASIUS
(rau und ungehalten)
Eins sollten Sie sich verge-
wissern: Sie sind hier nicht im
Urlaub und ich bin nicht Ihr
scheiß Animateur. Ich bin der-
jenige, der dafür sorgt, dass
Ihnen niemand die Erinnerung aus
dem Schädel bläst und Sie am Leben bleiben.

Sie zuckt mit keiner Ader; stellt sich seinem
selbstgeißelnden Unmut.

Und im Hintergrund tritt zeitgleich Max aus
dem Schlafzimmer - sie Szene mit spitzen Ohren verfolgend.

Anna bemerkt ihn hinter sich in der Tür;
schaudert kurz.

Dann sieht sie sich um, analysiert das Gemüt
der Männer, denen sie sich unweigerlich unter-
werfen muss. Und als sich ihre Augen wieder auf
Thomasius richten, seufzt sie laut auf und ...

... schiebt ihren trägen Körper mitsamt einer
enttäuschten Emotion zurück ins Schlafzimmer.

Max checkt Jonas' Reaktion; dann Thomasius, der aufgerieben durchatmet, während sich
seine Nasenflügel zügig aufblähen und genauso

schnell wieder abfallen. Bitterernst und be-
stimmt - aber vor allem unantastbar.

Dann begibt sich Thomasius aus der Suite.

Max und Jonas bleiben zurück, schenken sich
bestätigende Gesten.

Und Max nickt noch zuversichtlich mit dem
Kopf, bevor er sich wieder seinem Kaffee am
Tresen zuwendet.

                                    CUT TO:

INNEN. HOTELBAR - SPÄTER

Thomasius sitzt an einem der Tische vor der
Bar und beobachtet das Foyer; analysiert jeden Mann und jede Frau - in ihren Bewegungen,
ihren Schritten, ihrer Gestik.

Bis ...

... die Bardame ihm eine Tasse Kaffee auf den
Tisch stellt.

                    THOMASIUS
          Ich habe nichts bestellt.

                    BARDAME
          Sollten Sie aber, wenn Sie verhin-
          dern wollen, dass sich diese Fal-
          ten auf ewig da oben einnisten.

Es ist dieselbe Bardame, die schon einige
Abende zuvor mit ihm vom anderen Ende der Bar
aus geflirtet hat. Sie ist jung, nicht älter
als 28, und trägt das Herz auf der Zunge.

> BARDAME
Lange Nacht?

> THOMASIUS
> (lächelt träge über ihren
> Scharfsinn)
Barkeeper scheinen nach wie vor
die besseren Seelenklempner zu
sein.

> BARDAME
Na ja, man liest Gesichter und
hört eine Menge Geschichten.

> THOMASIUS
Ich habe leider keine für Sie.

> BARDAME
Das ist Quatsch. Die hat jeder.

Er mustert sie. Still, aber geradeheraus.

Erst jetzt fällt ihm auf, wie attraktiv sie
ist.

> THOMASIUS
> (deutet ins Foyer)
Sehen Sie diese Menschen?

Sie folgt seiner Blickrichtung.

> THOMASIUS
Was sehen Sie, wenn Sie sie be-
trachten? Jeden Einzelnen!

> BARDAME
Ähm ...

Dann deutet sie der Reihe nach durch ...

Ein Mann, der in einem Sessel hinter seiner
Zeitschrift klemmt:

> BARDAME
> Langweilig, ...

Eine Frau, die Haare zu seinem strengen Dutt
verknotet und ihre langen Beine in einen
engen Business-Rock gezwängt, sieht sich im
Foyer um:

> BARDAME
> ... einsamer Single, ...

Ein Anzugträger vor der Rezeption, der zurückhaltend über den Witz seines Kollegen lacht:

> BARDAME
> ... stocksteifer Aristokrat.

> THOMASIUS
> Psychologie?

> BARDAME
> Politikwissenschaft!

Er lacht. So aufrichtig, wie es ihm momentan
möglich ist - aber mit der anhaftenden Prise
eines unabwendbaren Schicksals.

> BARDAME
> Was sehen *Sie*?

Thomasius durchleuchtet die beschriebenen
Menschen; und er sieht ...

... wie sich der Mann hinter der Zeitung versteckt und verdächtig durch die Halle späht; ...

... die Frau an der Rezeption deutlich nervös an ihrem Dutt herumhantiert ...

... und der Anzugträger seine Hand unruhig, und einen Tick zu schnell, in die Innentasche seines Jacketts wandern lässt.

> THOMASIUS
> ... nichts Gutes zumindest.

Dann ...

... lächelt der Mann hinter der Zeitung plötzlich, klappt sie zusammen und empfängt einen Freund; ...

... die Frau öffnet ihre Haare und wirbelt sie zügellos frei; ...

... und der Anzugträger fischt lediglich sein Telefon aus der Innentasche seines Jacketts.

Die Bardame beugt sich zu Thomasius und legt ihre Hand auf seine.

> BARDAME
> Ich kann gut zuhören.

Er sieht ihre Hand, schaut zu ihr auf.

Sie lächelt ihn an.

Und dann ...

... zieht er seine Hand respektvoll zurück.

                    THOMASIUS
          Danke für den Kaffee.

Sie lächelt auf sanfte Weise. Aufrichtig und
wertschätzend. Dann akzeptiert sie - und
lässt ihn allein.

Und Thomasius beobachtet, wie seine Verdächtigen im Foyer zu ganz normalen Menschen
werden. Ohne böswillige Absichten. Er beobachtet, wie seine Verdachtsmomente an dem
gewöhnlichen Umgang des Menschen mit seiner
Umwelt zerschellen. Und dass das Böse vielleicht doch nicht allgegenwärtig ist.

                                    CUT TO:

INNEN. SUITE - TAG

Max switcht durch die Kanäle des Fernsehers.

INNEN. BADEZIMMER - TAG

Anna strafft ihre Gesichtshaut vor dem Spiegel; schneidet Grimassen, während sie nach
Falten oder irgendetwas sucht, das sie an ihrem Körper bislang noch nicht entdeckt hat.

INNEN. SUITE - TAG

Irgendwann hat Max den letzten Schluck seines
Kaffees geleert und schaltet gelangweilt den
Fernseher aus. Er schaut sich um; sieht, wie
Jonas sein Sport-Magazin auf den Tisch wirft,
aufsteht und sich streckt.

Gepflegte Langeweile dominiert ihren Tag.

                    JONAS
          Ich dreh' dann mal meine Runde.
          Soll ich dir einen richtigen Kaf-
          fee mitbringen?

Max schüttelt den Kopf - und Jonas verlässt
die Suite.

Dann schaut Max zu den Schiebetüren, die ins
Schlafzimmer führen, aber geschlossen sind.
Nur ein schmaler Lichtschein müht sich träge
durch die Türspalte, wirft einen orangefarbe-
nen Schimmer auf den Boden und wird hin und
wieder durch schattierte Bewegungen unterbrochen.

INNEN. SCHLAFZIMMER - TAG

Anna steht vor dem Spiegel der Schrankwand,
probiert verschiedene Outfits an und spielt
mit ihrer Frisur, um die Zeit totzuschlagen.

INNEN. SUITE - TAG

Max verfolgt die sich bewegenden Schatten unter dem Türspalt.

Er schaut noch einmal zur Eingangstür der
Suite.

Sie sind allein.

INNEN. SCHLAFZIMMER - TAG

Anna wirbelt ihre Haare vor dem Spiegel herum, steckt sie hoch, beobachtet, wie eine

Strähne über ihre Stirn fällt, und schmollt sexy vor sich hin, als ...

... plötzlich die Schiebetüren aufgehen und Max in ihrem Zimmer steht.

Sie schreckt zurück, lässt sofort ihre Haare fallen.

Er schaut sie an.

Sie atmet schnell. Heftig und unsicher.

Dann kommt er näher.

                    MAX
          Na, Prinzessin ...

Sie macht einen Schritt zurück.

Und er begutachtet sie. Unangenehm. Fast lüstern.

                    MAX
          Versuchst du, meinem Kumpel den
          Kopf zu verdrehen? Hmm ...? Mit
          deinen unschuldigen Blicken?
          ...

Ihre Nasenflügel zittern.

                    MAX
          ... dem kleinen Arsch, den du in
          deine engen Jeans zwängst?

Sie stößt sich von der Schrankwand ab, will an ihm vorbei - doch er packt sie am Arm und hält sie unsanft zurück.

                MAX
Du wirst hier mit niemandem fik-
ken.
        (zieht sie zu sich heran)
Außer mit meiner Faust!

Sie wehrt sich, will sich losreißen, doch ...

... wird von Max wieder gegen die Schrankwand
gedrückt. Er packt sie am Hals.

                MAX
      (lächelt herausgefordert)
Ein kleines Andenken braucht jeder, der von einem Mann mit seinem Leben beschützt wird.

Und Anna ... *Flatsch!* ... spuckt ihm ins Gesicht.

Max ... *Wham!* ... revanchiert sich umgehend;
schleudert ihr die flache Hand ins Gesicht,
sodass ihr ganzer Körper zur Seite ausbricht.
Er fängt sie auf und dreht sie um; presst sie
erneut hart gegen die Schrankwand, woraufhin
der Fernseher zu Boden fällt und unter einem
dumpfen Scheppern zu Bruch geht.

Max knöpft ihr unter vehementer Gegenwehr die
Jeans auf. Er reißt ihr die Hose bis unter
den Hintern und schiebt seine Hand von hinten
tief in ihren Slip, kurz bevor ...

Zack!!!

... er von hinten am Kragen gepackt wird, zu-
rückfliegt, sich dabei beinahe die Wirbelsäu-
le bricht, und ... *Bam!!!* ... in Thomasius'
Faust landet.

Max taumelt zurück, wird aber sofort wieder gepackt und ...

Bam!!!

... bekommt noch einen Schlag in die Visage.

Blut spritzt über das Bettlaken.

Bam! Bam! Weitere Schläge hageln auf Max ein. Hart und kompromisslos.

Im Hintergrund sackt Anna zu Boden, beobachtet das Massaker.

Bam! Irgendein Knochen bricht.

Bam!

Thomasius hält Max in seinem Wahn jetzt nur noch mit Mühe auf den Beinen und ...

... lässt schließlich von ihm ab.

Und Max taumelt - landet rücklings auf dem Bett und krümmt sich vor Schmerzen.

                    THOMASIUS
                  (schreit)
          Was, verflucht nochmal, ist ei-
          gentlich los mit dir? Hä?

Max spuckt Blutfetzen über die Laken.

                    THOMASIUS
          Drehst du jetzt völlig ab?

Jonas kehrt in die Suite zurück.

JONAS
Oh, scheiße!

THOMASIUS
(drosselt sein Adrenalin)
Du bist ja komplett durch, man!

Jonas eilt zu Max, der benommen quer über dem
Bett liegt.

JONAS
(zu Thomasius)
Scheiße, was hast du gemacht?
Was hast ...?
(betrachtet Max näher)
Oh, fuck! Fuck! Fuck! Komm
schon, steh auf!

Jonas hilft Max auf die Beine, stützt dessen schweren, mit jeder Bewegung ein Stück
mehr verkrampfenden Körper und trägt ihn
hinaus.

JONAS
Ihr wollt mich doch hier verarschen!

Jonas schleppt Max aus der Suite.

Thomasius sieht ihnen nach. Wissend, dass
jeglicher Rückhalt in den eigenen Reihen ab
jetzt verloren ist.

THOMASIUS
(zu Anna auf dem Boden)
Alles okay?

Sie schüttelt den Kopf.

                    THOMASIUS
                (nähert sich ihr)
        Hey ...!

Ihre Augen irren wild durchs Zimmer. Sie atmet schnell und unkontrolliert.

                    ANNA
        Ich kriege keine Luft!

                    THOMASIUS
        Ganz ruhig!

                    ANNA
                (laut)
        Ich kriege keine Luft - Ich
        kriege keine Luft!!!
                (hyperventiliert)
        Ich kriege keine Luft!

                    THOMASIUS
                (beugt sich zu ihr)
        Schon gut!

Er stemmt sie auf, legt ihren Arm um Hals und
Schultern und stützt sie; schiebt sich mit
ihr zügig zur Tür.

INNEN. HOTELFLUR - TAG

Thomasius schleppt sie durch die Gänge bis ins ...

INNEN. TREPPENHAUS - TAG

... und stützt sie unter starker Anstrengung
die Treppen hinauf, während sie den ganzen
Weg nach oben nur noch kraftlos vor sich hin
existiert.

AUSSEN. DACH - TAG

Bam! Bam! ...

... Krack!

Die Tür zum verschlossenen Dachzugang springt
auf und Thomasius trägt Anna hinaus - ins
Freie.

Sofort löst sie sich von ihm.

Dann tapst sie leblos über das Dach, Stück
für Stück. Wandert umher. Brüchig. Ziellos.
Und irgendwann ...

... sackt sie unter freiem Himmel auf ihre
Knie, faltet die Hände in ihren Schoß und
entlädt ihren Schock in die ganze Welt.

ANNA
Aaaaaaaaaaaaahhhhhhhhhhhh!!!!!

Dann, nach einem nicht enden wollenden
Schrei, ist alles still.

Und sie weint. Rotz entrinnt ihrer Nase, verfängt sich mit einer Windböe in ihrem Shirt
und verklebt ihre Haare.

Thomasius beobachtet sie aus sicherer Entfernung;
wie sie dasitzt, plötzlich keinen Mucks mehr von
sich gibt und ihre Wangen sich zunehmend an die
frische Brise des Westwinds gewöhnen.

Straßengeräusche sind zu hören. Motoren. Irgendwann auch wieder Passanten, deren Gespräche im
Sog des Windes abschwächen und untergehen.

Eine halbe Minute vergeht, ohne dass sich einer von beiden von der Stelle rührt.

Dann ...

... erhebt sie sich; stakst nach vorn - in Richtung Dachkante!

Thomasius geht ihr nach.

Sie tritt bis an die Kante, schaut hinunter in den Abgrund. Und dann ...

... zur Seite, wo ...

... Thomasius sich vorsichtig ihrem Blickfeld nähert und sich zu ihr an den Abgrund gesellt. Ein ungewohntes Bild: Thomasius wirkt unsicher und brüchig. Für einen Moment erkennt sie ihn fast nicht wieder.

> ANNA
> (nüchtern)
> Keine Angst! Ich werde schon
> nicht springen.

Dann stehen sie da. Jeder für sich starren sie in die unendlich wirkende Tiefe, die sich vor ihren Füßen auftut - in einem Moment der Ruhe, und des innigen Ausgleichs im Angesicht eines frühzeitigen Ablebens.

Und während der Wind allmählich nachlässt, verweilen sie dort oben.

In Ruhe und Frieden.

Zumindest für diesen Augenblick.

Und ein paar Momente später, ...

... dreht sie sich einfach um und geht zurück
Richtung Treppenhaus.

Thomasius schaut ihr nach. Stumm und alternativlos.

Und auf seltsame Weise bewundernd.

                                        CUT TO:

INNEN. SUITE - DÄMMERUNG

Thomasius hockt auf der Couch vor dem Fern-
seher, auf dem eine uralte Folge von Colt
Seavers läuft. Wahllos starrt er auf den
Bildschirm; fixiert einen leblosen Punkt auf
der Mattscheibe, ohne Notiz vom Inhalt der
Sendung zu nehmen.

Anna kommt aus dem Schlafzimmer, läuft
schnurstracks zur Bar, greift sich eine Flasche Wasser aus dem Kühlschrank und will zurück, als sie sich widerwillig in Thomasius
verfängt, der stumm auf der Couch sitzt und
ihren Gang verfolgt.

                    ANNA
        Was?

Leere Blicke.

                    ANNA
            (seufzt)

Er sieht ihr nach, wie sie im Schlafzimmer verschwindet und die Türen hinter sich zuzieht.

Thomasius scheut jegliche Reaktion auf ihren
Abgang; analysiert vielmehr die beschissene
Situation, in die er sich hier hineinmanö-
vriert hat, als ...

... von außen hektisch ein Schlüssel in die
Tür zur Suite gesteckt wird.

Thomasius' fokussiert umgehend zur Tür,
wo ...

... Jonas hineinstürmt.

> JONAS
> (aufgebracht)
> Sag mal, was läuft denn bei dir
> falsch?

Als Jonas zur Couch vorprescht und das Bild
seines Kollegen hinter der Lehne vollständig
frei wird, entdeckt er ...

... Thomasius' Hand - griffbereit an der Waffe.

> JONAS
> Oh, klasse! Ja, mach gleich mit
> mir weiter!

> THOMASIUS
> (lässt von der Waffe ab)
> Komm runter, ja!

> JONAS
> Du ... runterk ... Du hast ihm
> fast den scheiß Kiefer gebrochen!

> THOMASIUS
> *Er hat sie angefasst.*

JONAS
(erstaunt)
Wow! Puh ... Also das ...
(Pause)
Sag mal, fuckt dich das ab?

THOMASIUS
(konzentriert sich wieder
auf den Fernseher)
Mach jetzt keinen Fehler, Jonas!

JONAS
Du scheiß Märtyrer! Willst du
für die Kleine deinen Arsch op-
fern? Weißt du eigentlich was
passiert, wenn das die Runde
macht?

THOMASIUS
Ich werde das jetzt nicht aus-
diskutieren.

JONAS
Reden wirst du sowieso nie wieder mit irgendwem. Nach heute
bleibt dir höchstens noch ein
Job bei der Internen, man!

Stille. Thomasius schaut ihn an. Ernst. Ver-
drossen.

JONAS
Okay. Na gut.

Jonas lächelt - verwegen und großspurig.

Dann verschwindet er.

INNEN. SCHLAFZIMMER - DÄMMERUNG

Anna sitzt allein und verloren auf dem Bett.
Starr und ausdruckslos. Und dann, inmitten
der tristen Stille des Abends, ...

Bam! - Bam! - Bam!

... schreckt sie kurz auf.

Hinter den Vorhängen blitzen blaugedämpfte
Lichter hervor.

Sie geht rüber, schiebt den Vorhang leicht
zur Seite und sieht, wie eine Gruppe von Gästen auf dem Vorplatz des Hotels Raketen in
die Höhe schießt. Anna beobachtet die fei-
ernde Menge, während sich rote Blitzlichter
vor ihrem Fenster mit blaufarbenen abwech-
seln und die Spiegelung des Fensters den
Feuerwerksregen auf ihrem Gesicht zerstreut
und ein paar Stockwerke tiefer darniederge-
hen lässt. Alles unter dem müden Licht der
Dämmerung, die sich langsam dem grauen Vor-
abend ergibt.

Ein Bild der Einsamkeit. Träge und erblas-
send.

CUT TO:

INNEN. SUITE - ABEND

Abendessen. Diesmal nur für zwei - am Bartresen. Thomasius und Anna sitzen sich in be-
klemmender Distanz gegenüber. Das Essen ist
fast vollständig verzehrt.

Eine verhaltene Stille legt sich über die
Szene. Es scheint, als hätten sie beide den
ganzen Abend lang kein Wort miteinander ge-
wechselt.

Und irgendwann, als der Moment reif genug erscheint ...

                    ANNA
          Kann ich Sie was fragen?

Schweigen. Keine Antwort.

                    ANNA
          Wieso sind Sie hier? Wieso *hier*
          ... bei mir?

                    THOMASIUS
          Wo sollte ich sonst sein?

                    ANNA
               (zögernd)
          Gibt's niemand anderen, der Ihre
          Hilfe bräuchte?

Sein düster anmutender Blick unter den zusam-
mengekniffenen Augenbrauen.

                    ANNA
          Ich meine ...
               (ihre Stimme verdunkelt
               sich)
          Jemand, der sie mehr verdient
          hat?

Er mustert ihren selbstkritischen Blick, der
nun träge und beschämt auf ihren Teller zu-
rückfällt.

                    THOMASIUS
                 (hält inne)
           Es gibt zwei Arten von Menschen:
           Die, die sich ändern - und die,
           die sich nicht ändern.

Sie schaut wieder auf.

                    THOMASIUS
           Es macht keinen Unterschied, zu
           welcher Sorte Sie gehören. Aber
           Sie sollten nie in Versuchung
           geraten, sich selbst etwas vor-
           zumachen.
                 (Pause)
           Sie werden Ihre Freunde nie wieder
           sehen; Ihre Familie so gut wie nie
           wieder sprechen können. Und *die*
           werden nie Ruhe geben, bis die Sie
           gefunden haben. Das Einzige, das
           den Rest Ihres Lebens bestimmen
           wird, ist die Entscheidung, die
           Sie hierbei treffen.
                 (Pause)
           Selbstmitleid ist nur vernünf-
           tigen Menschen vorbehalten. Und
           die ändern sich nie.

Sie versucht, seine Worte zu verinnerlichen,
während er sich mit der Hand durchs Gesicht
fährt und sich, so dezent wie nur irgend möglich, die Müdigkeit aus den Augen reibt.

                    ANNA
           Wann haben Sie zuletzt geschlafen?

                    THOMASIUS
           Ich komme schon klar.

                        ANNA
            Ja, genau! So sehen Sie aus.
                (Pause)
            Wenn die bis jetzt noch nicht
            gekommen sind, wird Berzan wahr-
            scheinlich auf eine bessere Ge-
            legenheit warten. Legen Sie sich
            hin! ... Ich pass schon auf.

Sie kehrt sich ab und belächelt ihren eigenen
Kommentar - aber gerade so, dass er es noch
mitbekommt.

Er beobachtet ihr Wesen, ihre Mimik. Ihre
plötzliche, neu gewonnene Zuversicht. Und
dann ...

                    THOMASIUS
                (steht auf)
            Kommen Sie!

                        ANNA
            Hm?

Thomasius winkt sie auf die offene Seite des
Tresens.

Sie folgt.

Er greift ins Innere seines Holsters und holt
seine Waffe hervor; löst das Magazin und entlädt die Kammer.

                    THOMASIUS
            Haben Sie schon mal geschossen?

                        ANNA
            Nein.

Dann legt er ihr die Waffe in die Hand; umschließt ihre Hand mit seiner, tritt hinter
sie und dreht sie zur Bar.

                    THOMASIUS
          Stehen Sie breitbeinig!

Er schiebt ihre Beine mit seinem Fuß sanft
auseinander. Dann fasst er um sie herum,
führt ihre zweite Hand mitsamt seiner um die
Waffe und umschließt ihren Körper von hinten
mit seinem. Er legt ihren Daumen und den Zei-
gefinger parallel in einer Linie zum Lauf der
Waffe und hebt ihre Arme auf Schulterhöhe - in
Zielrichtung des Barspiegels.

                    THOMASIUS
          Arme leicht gebeugt!

Sie beugt die Arme.

                    THOMASIUS
          Kimme und Korn sind geläufig?

                      ANNA
          Ja.

                    THOMASIUS
          Zielen Sie auf die Jack Daniels-
          Flasche im unteren Regal! Genau
          auf den Flaschenhals!

Sie zielt.

                    THOMASIUS
          Jetzt senken Sie den Blick!

                    ANNA
        Was?

                    THOMASIUS
            Sehen Sie nach unten!

Sie tut es.

                    THOMASIUS
            Atmen Sie kräftig ein ... und
            wieder aus.

Ein kräftiger, inniger Schub.

                    THOMASIUS
            Jetzt wieder zum Ziel hinauf-
            schauen!

Sie schaut auf.

                    THOMASIUS
            Hat es sich verschoben?

                    ANNA
            Ein Stück nach rechts.

                    THOMASIUS
            Okay. Korrigieren Sie Ihren Stand!

Er schiebt ihre Hüfte nach rechts. Und sie
folgt seiner Führung.

                    THOMASIUS
            Zielen! ... Nochmal nach unten
            sehen!

Sie befolgt die Anweisungen.

                    THOMASIUS
         Ein- und ausatmen!

                      ANNA
                    (Atmer)
          Huuuuuuhhhh!

                    THOMASIUS
           Und wieder aufschauen!

Sie sieht auf - das Ziel ist genau in der
Mitte ihres Laufs.

Sie lächelt. Und er beobachtet es im Spiegel.
Dann ...

... drückt er mit ihr gemeinsam ab.

Klack!

Ihr Lächeln schwächt ab - wandelt sich in
Ehrfurcht.

Er nimmt ihr die Waffe ab, schiebt das Magazin hinein und lädt durch. *Tschick - tschack!*
Dann übergibt er sie ihr.

                    THOMASIUS
           Ist entsichert ...

Ihr Lächeln erlischt gänzlich, als sie merkt,
wie schwer die Waffe auf einmal ist.

                    THOMASIUS
           Also vorsichtig damit!

Ein Blickwechsel. Lang. Und irgendwie ange-
nehm vertraut.

Dann ...

... geht Thomasius zur Sitzecke, legt sich
quer über die gesamte Couch und schließt die
Augen, während Anna die Waffe in ihrer Hand
betrachtet und sie mit ihren kleinen Händen
vorsichtig handhabt, bevor sie ein letztes
Mal über Thomasius schweift, der bereits halb
in den Schlaf versunken ist.

                                    CUT TO:

AUSSEN. HOTEL - TAG

Ein neuer Tag bricht an. Der Frühling schickt
helle Blautöne über den Himmel, die nur durch
ein paar Kondensstreifen unterbrochen werden.

                                    CUT TO:

INNEN. SUITE - TAG

Thomasius wacht langsam auf. Sein Gesicht
wirkt rund und rein - frei von sämtlichen
Strapazen und Anspannungen.

Anna steht hinter der Bar.

                    ANNA
          Morgen!

Er reibt sich die Augen, bis er klarer sieht.

                    ANNA
          Es ist gleich neun, das Frühstück
          müsste also jeden Moment da sein.

Thomasius nickt, richtet sich auf.

ANNA
Es liegt noch ein frisches Bad
im Handtuch … Ähm ...
(lächelt verlegen)
Es liegt noch ein frisches Handtuch im Bad, wenn Sie ...

Er nickt zurückhaltend, sagt nichts.

ANNA
(nervös lächelnd)
Okay.

Sie wendet sich wieder der Kaffeemaschine zu.

Er sieht seine Waffe auf dem Tisch liegen,
geht rüber.

ANNA
Mit bestem Dank zurück.

Thomasius, mit dem Rücken zu ihr, steckt die
Waffe kommentarlos ins Holster.

ANNA
(schüttelt peinlich berührt
und selbstkritisch den Kopf)
„Mit bestem Dank zurück.“

Es klopft an der Tür. Thomasius öffnet und lässt
die Kellnerin mit dem Speisewagen herein, als ...

KELLNERIN #2
Guten Morgen!

... hinter der Kellnerin auch Jonas die Suite betritt. Die junge Frau stellt den Wagen
ab und verlässt das Zimmer wieder.

                    KELLNERIN #2
                    (im Gehen)
              Lassen Sie es sich schmecken!

Jonas sieht der Kellnerin noch kurz nach und
beäugt schließlich das sich ihm darbietende
Bild in der Suite - mit herber Skepsis:

Da ist Thomasius - ungewohnt ausgeruht und
ausgeglichen.

Anna - beinahe in einer Paraderolle als Haus-
frau, die den morgendlichen Kaffee kocht.

Und dazu das frisch duftende Frühstück auf
dem Speisewagen.

Thomasius hebt den Deckel vom Büffet.

                    THOMASIUS
                  (ruft zu Anna)
              Der Speck fehlt.

                      ANNA
                  (enttäuscht)
              Oh!

                    THOMASIUS
              Ich besorg' fix welchen von un-
              ten.

                      ANNA
              Das ist lieb.

                      JONAS
              (anormal verstört über die
              Harmonie zwischen ihnen)
              Na wie fein!

Was darauf folgt sind karge, wortlose Blicke,
die den Raum füllen. Auf beiden Seiten. Kal-
te, entfremdete Momente zwischen zwei Kollegen. Oder das, was davon noch übrig ist.

Dann ...

... verlässt Thomasius die Suite und lässt
Anna mit ihrem zweifelhaften Ausdruck hinter
der Bar zurück.

INNEN. HOTELFLUR - SPÄTER

Thomasius schlendert durch den leeren Gang.

Am anderen Ende des Flurs kommt ein Gast in
glattgebügeltem Hemd und Anzughose aus einem
Zimmer, betätigt den Fahrstuhlknopf und wartet
vor dem Aufzug. Thomasius stellt sich zu ihm.

                    THOMASIUS
          Morgen!

                    MÄNNL. GAST
                 (zögerlich)
          Guten Morgen!

Eine unverkennbare Skepsis des Gastes, der
Thomasius leicht abfällig beäugt, wie er da
in labbrigen Jeans und ausgeleierten Klamotten neben ihm steht. Es ist ersichtlich,
dass er in seinen Klamotten geschlafen haben
muss.

Bing!

Die Fahrstuhltür öffnet sich, beide treten hinein.

Die Fahrstuhltür schließt sich.

INNEN. SUITE - SPÄTER

Jonas sitzt am Tisch, tippt auf seinem Handy
herum.

                ANNA
          (gießt ihm Kaffee ein)
       Wollen Sie nichts essen?

Kein Kommentar.

Anna kehrt sich wieder von ihm ab.

INNEN. HOTELRESTAURANT - SPÄTER

Thomasius schnappt sich einen Teller und bedient sich großzügig am Büffet.

INNEN. HOTELFLUR - SPÄTER

Bing!

Thomasius kommt aus dem Fahrstuhl, schlendert den Gang entlang - bis um die Ecke, wo
er ...

... die offene Tür zur Suite bemerkt.

Leise prescht er vor; zieht seine Waffe aus dem
Rücken, stellt den Teller auf dem Gang ab.

Er drückt sich gegen die Wand, schleicht zügig vor bis zur Tür, streckt den Kopf durch
den Türrahmen, hebt die Waffe auf Kopfhöhe und
betritt vorsichtig das Zimmer.

INNEN. SUITE - TAG

Keine Spur - von niemandem. Nicht einmal die Spur
eines Kampfes. Alles ist so, wie er es verlassen hat.

Er prüft das Schlafzimmer.

INNEN. SCHLAFZIMMER - TAG

                    THOMASIUS
Anna ...?

Nichts. Dann ...

... ertönt die Spülung aus dem Bad.

Thomasius zielt auf die Badezimmertür, hinter
der jetzt ...

... Jonas hervortritt.

                    JONAS
          (sieht die Waffe, bleibt ge-
          lassen)
     Bitte nicht! Ich bin noch so jung!

                    THOMASIUS
          (lässt die Waffe herabsinken)
     Wo ist sie?

                    JONAS
     Wer? Die Kleine?
          (sieht sich um)
     Scheint, als hätte sie sich an-
     ders entschieden, hm?

                    THOMASIUS
     Willst du mich verarschen?

Jonas geht ins Wohnzimmer.

INNEN. SUITE - TAG

> JONAS
> Naja, offiziell hast *du* noch
> Schicht, oder?
> (lacht)
> Von daher bin ich froh, dass
> nicht *ich* der Angeschissene von
> uns beiden bin.

Thomasius hebt seine Waffe und zielt auf Jonas' Kopf.

> JONAS
> Oh, tu' das nicht!

> THOMASIUS
> *Wo ist sie?*

> JONAS
> Alter! Nicht so dramatisch! Das
> ist nur eine kleine Lektion in
> Sachen Kollegialität. Und die
> hast du bitter nöt ...

Zack! Thomasius prescht vor, brennt Jonas den
Lauf seiner Pistole jetzt fest in die Stirn.

> THOMASIUS
> (mit brennenden Augen)
> <u>*Wo - ist - sie?*</u>

Und wie Thomasius dasteht, rasend und unantastbar in seiner Entschlossenheit, da kann
Jonas es sehen. Eindeutig. Und unverkennbar.

Für jedermann.

                    JONAS
        Ach du Scheiße!
            (liest es aus seinen Augen)
        Ist das dein Ernst?

Thomasius atmet schwer. Denn jetzt ist er
vollkommen enttarnt.

                                        CUT TO:

INNEN. HOTELKÜCHE - SPÄTER

Thomasius schleicht durch die riesige, leer-
gefegte Küche des Hotels; durchsucht jede
Ecke und jeden Schrank, bis er ...

... an der Tür der Kühlkammer vorbeikommt. Er
macht Halt. Und als er die tonnenschwere Tür
aufreißt, strömt ihm unter einem peitschenden
Zischlaut ein eiskalter Windhauch entgegen.

Er betritt die Kühlkammer, durchforstet die
mit eiskaltem Dampf zersetzte Umgebung, in
der er kaum die Hand vor Augen sehen kann. Er
tastet sich vor.

Dann ...

Klirr!

Ein Scheppern! Links von ihm.

Thomasius versucht, mit seinem scharfen Blick
den Dampf zu durchdringen, der seine Augen-
lider zittern lässt und den Raum vernebelt.
Plötzlich bilden sich Umrisse vor seinen Augen. Dunkle Schatten - ohne Füße. Und plötzlich, als er näherkommt, ...

... findet er sich vor einer Wand aus gehäute-
ten Tieren wieder, die in großen Mengen von
Fleischerhaken hängen. Und aus den dunklen,
winzigen Freiräumen dazwischen drängt ein
Atemhauch nach vorn.

Thomasius schiebt das tote Fleisch beiseite,
tastet sich tief hinein ins Dunkel und ...

... findet Anna - eng an eng zwischen den toten Tieren eingepfercht, die Augen fest geschlossen.

Halb erfroren. Und verängstigt, wie ein kleines Kind.

Thomasius' Hand tastet sich vor - bis zu
ihrer Schulter. Und als Anna die Berührung
bemerkt, ...

... reißt sie die Augen auf.

                    ANNA
                 (schreit)
          Aaaahh!

                  THOMASIUS
          Ich bin's! Ich bin's! Ganz ru-
          hig!

Sie bebt, zittert am ganzen Körper. Atemwol-
ken umschwirren ihre Umgebung, als sie hektisch ein- und wieder ausatmet - tief nach
Leben ringend. Dann erst erkennt sie Thomasius. Ihre hervorstechenden Tränen vereisen so
schnell, wie sie ausgestoßen sind und hin-
terlassen einen gefrorenen Streif auf ihren
Wangen.

                    ANNA
                 (hektisch)
ER HAT GESAGT, ... HAT GESAGT,
SIE KOMMEN RAUF ... SIE WÄREN
SCHON AUF DEM WEG! SIE KOMMEN!
... *SIE KOMMEN!*

                  THOMASIUS
                 (beruhigend)
Niemand kommt! Niemand! ... Es
ist alles sicher!

                    ANNA
            (halbtot vor Schock, in
            sich hineinbrüllend)
Hhhhrrrrrhhhhh ...

Thomasius versucht, ihren Arm zu berühren,
...

... doch sie zuckt entschieden zurück; wippt
unter der Kälte vor und zurück.

Vor und zurück.

Orientierungslos. Verlassen und verloren.

Mutterseelenallein.

Thomasius zieht seine Jacke aus und legt sie
ihr sachte um die Schultern.

Dann hilft er ihr auf.

                                        CUT TO:

INNEN. SUITE - SPÄTER

Thomasius bringt sie zurück in die Suite.

Jonas ist längst verschwunden.

                    THOMASIUS
                  (zu Anna)
          Gehen Sie duschen und ziehen Sie
          sich was Warmes an!

Sie lässt sich die Jacke abnehmen und trottet
ins Badezimmer.

Thomasius wirft die Jacke über eine Stuhl-
lehne, geht zur Bar, greift sich eine
Handvoll Eiswürfel, lässt sie in ein Glas
gleiten und schenkt sich einen Whiskey ein.
Dann, noch vor einem ersten Schluck, schaut
er einen Moment lang selbstreflektierend in
den Spiegel der Bar; scannt seine Erscheinung und sieht sich selbst tief in die
Augen - halb zweifelnd, halb verachtend;
seine eigene Integrität infrage stellend.
Und schließlich ...

... ext er das Glas und ...

Whammm!!! - Klirr!!!

... schleudert es in die Ecke, wo es in Dutzende Teile zerschellt.

Dann ein wiederholter Blick in den Spiegel.
Und ein erneuter Griff zur Flasche, als er
den Verschluss öffnet, zu Boden fallen lässt

und nun direkt am Flaschenhals ansetzt,
als er das braune Gold die Kehle hinunter-
schießt.

INNEN. BADEZIMMER - TAG

Anna hockt in der Dusche und lässt den war-
men Wasserdampf in der Kabine zirkulieren -
sichtlich erschöpft.

Und als sie nun dahockt und die Augen
schließt, wirkt es, als hätte sie die Ab-
sicht, in einen ewigwährenden Traum zu ver-
fallen. Einen, aus dem es letztlich - Gott
sei Dank - kein Entrinnen mehr gäbe. Niemals.

Nur Ruhe.

Und vielleicht etwas Frieden.

Vielleicht.

Die Regendusche prasselt unentwegt auf ihren
Körper ein.

                                    CUT TO:

AUSSEN. CAFÉ - TAG

Das Hotelgebäude am späteren Nachmittag.

                REITER (O.S.)
        Verstehe ich das richtig?

Thomasius und sein Vorgesetzter sitzen vor
dem kleinen Café auf der gegenüberliegenden
Straßenseite des Hotels.

                    REITER
        Sie haben von mir zwei Männer
        für diesen Job bekommen. Einer
        hatte mittlerweile einen mehr-
        stündigen Krankenhausaufenthalt
        und will keinerlei Angaben dazu
        machen, wie er sich während sei-
        ner Dienstzeit das halbe Gesicht
        zertrümmern ließ. Und jetzt sit-
        zen Sie hier und erzählen mir,
        dass Sie auch noch Ihren zweiten
        Mann absetzen wollen? Ohne hin-
        reichende Begründung?

                    THOMASIUS
        Er ist bereits abgesetzt.

                    REITER
              (schüttelt den Kopf)
        Nicht ohne meine Zustimmung.

Thomasius' aufklärerische Mimik erwischt Reiter kalt.

                    REITER
        Wollen Sie mich gerade ...?
              (schaut sich aufgerieben
              um, beugt sich leise vor)
        Und wer sitzt jetzt da oben?

Thomasius schweigt.

Und Reiter realisiert vollends.

                    REITER
        Haben Sie eigentlich Ihren be-
        schissenen Verstand verloren?

                    THOMASIUS
Sie kann für einen Moment auf
sich selbst aufpassen.

                    REITER
          (fährt sich durchs Gesicht)
Oh, scheiße ... *Scheiße!* ... Ist
das Ihre Art, Danke zu sagen?
          (Pause)
Sie glauben doch nicht wirklich,
dass ich Sie nach *der* Geschich-
te noch als verdeckten Ermittler
durchkriege.

                    THOMASIUS
Als ob das LKA die große Auswahl
hätte.

                    REITER
          (lacht)
Ja ... stimmt.
          (Pause)
Die habe ich, hier und jetzt,
allerdings auch nicht.

                    THOMASIUS
Was meinen Sie?

                    REITER
Ich habe niemanden, den ich
Ihnen zur Seite stellen könnte. Keinen einzigen Mann!
Normalerweise müsste ich erst
mal die Hälfte meiner Leu-
te für sechs Monate in Urlaub
schicken, um die ganzen ver-
fluchten Überstunden abarbei-
ten zu lassen, die sich bei

uns stapeln. Und selbst wenn
dann noch einer Ihrer Kollegen übrig bliebe: Wissen Sie,
dass keiner von denen auch nur
mit Ihnen in einem Raum sitzen
will? Die werden schon wissen,
warum. Mit mir reden die Jungs
nicht - und das verstehe ich.
Wir wollten früher auch nicht,
dass sich die Alten in unsere Angelegenheiten einmischen.
Aber egal, was Sie getan haben: Die werden Ihnen das
nicht so schnell vergessen.
    (Pause)
Morgen halb zehn steht der Konvoi bereit. Sobald das Mädchen
ihre Aussage gemacht hat und
übergeben wurde, setzen Sie sich
an den Schreibtisch und tip-
pen Ihren Bericht! *Und das wird
ein guter Bericht!* Denn er wird
nichts von irgendwelchen Span-
nungen innerhalb Ihrer Gruppe
beinhalten.
    (aufgebracht)
Und schon gar nichts über den
Kaffeeplausch eines Abteilungs-
leiters mit seinem Beamten, während die Schutzbefohlene allein
in ihrem Hotelzimmer sitzt, wo
jeder Kofferträger sich an ihr
vergreifen könnte!

Sie schauen sich an.

           REITER
Haben wir uns verstanden?

                    THOMASIUS
                (ausweglos)
        Ja.

                    REITER
                (nickt)
        Von hier an sind Sie auf sich
        allein gestellt. Und zwar bis
        morgen früh.

Reiter steht auf.

                    THOMASIUS
        Ich pass schon auf sie auf.

                    REITER
                (lächelt abwegig)
        Ja ... Und wer passt dann auf
        Sie auf?

Schweigen.

Reiter legt seine Jacke an und geht. Und Thomasius schaut hinauf - überfliegt jedes Stock-
werk des Hotels bis nach oben, zur Suite.

                                    CUT TO:

INNEN. SUITE - ABEND

Anna und Thomasius sitzen sich an den langen
Enden des Esstisches gegenüber. Ein langes
Schweigen umhüllt sie beide. Und eine ganze
Weile lang wechseln sie nicht einen einzigen
Blick miteinander.

Es ist ruhig. Nur das Klimpern des Bestecks auf
dem Geschirr durchbricht die angespannte Stimmung.

Irgendwann überfliegt Anna in trister Manier
den auffallend prall gefüllten Tisch.

> ANNA
> Sind heute mehr als fünfzig
> Euro, oder?

Thomasius schaut sie an, doch sie sieht zu
keinem Zeitpunkt zu ihm auf; nickt einfach
nur schwerfällig vor sich hin.

Wieder trostloses Schweigen. Dunkel und
schwermütig.

Ein erneuter, flüchtiger Blick zu Anna, die
ein Bein unter die Hüfte geklemmt hat und
ihren Körper haltlos über dem Tisch baumeln
lässt, wie eine junge Studentin.

> THOMASIUS
> Denken Sie, dass Sie das morgen
> schaffen?

> ANNA
> (nüchtern)
> Sie meinen, ob ich Gefahr lau-
> fe, an meiner eigenen Kotze zu
> ersticken, bevor ich aussagen
> kann?

Er zieht die Augenbrauen zusammen, mustert
sie höchst paternalistisch.

Sie hält kurz inne.

Dann, nach einem weiteren elend langen, da-
hinsiechenden Moment ...

ANNA
Er hat sie einfach erschossen.

Thomasius schaut wieder auf.

ANNA
(in bitterer Erinnerung)
Sie waren gefesselt und hat-
ten die Augen verbunden; mussten
sich vor ihm hinknien. Und dann
hat er sie erschossen. Einfach
so. Er stand vor ihnen, zog seine Waffe, zielte auf ihre Köpfe
und ...
(brüchig)
Einen nach dem anderen. Einer
hat sogar noch gelebt. Er zuck-
te wie ein gestrandetes Tier
- verteilte sein eigenes Blut
über den Boden. Und er keuchte.
Berzan hat ihn einfach zappeln
lassen. Der Schädel knackte bei
jedem Schlag auf die Fliesen -
immer lauter. Drei Minuten lang.

Ein ernster Blickwechsel.

ANNA
Ich höre es noch immer. Jede
einzelne Nacht.
(Pause)
Ich habe mich seitdem immer wie-
der gefragt, wie jemand so viel
Hass für andere Menschen empfin-
den kann.
(Pause)
Jetzt weiß ich es.

Thomasius verzieht keine Miene - im Bewusstsein einer gewissen Mitschuld an der Situation.

                    ANNA
          Da Schlimme ist: Ich schäme mich
          nicht einmal dafür.

Eine Träne entrinnt ihrem Augenlid. Doch sie
bleibt dabei beinahe ausdruckslos.

                    ANNA
          Haben Sie mal gesehen, wie je-
          mand gestorben ist? Unmittelbar
          vor ihren Augen?

                    THOMASIUS
          Ja.

                    ANNA
          Was haben Sie dabei gefühlt?

                    THOMASIUS
              (zögert, innig)
          Erleichterung.

                    ANNA
              (nickt, die Fassung wah-
              rend)
          Jemand aus ihrer Familie?

                    THOMASIUS
          Nein ... Mein Vater.

Stille. Statisch und ohne Emotion.

Anna wischt sich die Träne von der Wange;
schnieft.

Thomasius steht ohne Weiteres auf, geht zur
Bar, greift sich eine Flasche Scotch und zwei
Gläser, kehrt zum Tisch zurück und schenkt
ihr ein.

Dann greift er sich einen Stuhl und setzt
sich an ihre Seite.

Sie trinkt. Und der Scotch brennt sich in ihr
Innerstes.

           THOMASIUS
    Die Suche nach dem Guten im Men-
    schen, entfernt uns manchmal im-
    mer weiter von der Realität, je
    stärker wir danach suchen.

Pause.

           ANNA
    ... und weiter?

           THOMASIUS
    Was weiter?

           ANNA
    Na ja, keine ... keine Predigt?
    Ich dachte, jetzt kommt sowas
    wie: „Suche nicht bei anderen
    ... suche ... zunächst bei dir
    selbst!"

           THOMASIUS
    Sehe ich vielleicht wie ein Hei-
    liger aus? Das Erste, das ich in
    diesem Zimmer getan habe, war,
    sämtliche Bibel-Ausgaben zu ent-
    sorgen.

                        ANNA
                      (lacht)
            Kann ich mir denken. Ich meine,
            Sie glauben ja nicht mal an Ih-
            ren Job. Und trotzdem haben Sie
            mir zur Seite gestanden.

Pause.

Ein kurzer Blick - einer, der ihrer Situation
eine neutrale Perspektive schenkt.

                        ANNA
            Sagen Sie: Wenn Sie ... Wenn Sie
            nochmal die Möglichkeit hätten
            ... Würden Sie mir dann wieder
            in den Bauch boxen?

Sie lachen.

Er trinkt.

                        ANNA
            Ich habe mich noch nie bei je-
            mandem so gut aufgehoben ge-
            fühlt, der mich verprügelt
            hat.

                      THOMASIUS
            Das ist bestimmt eine Lüge.

                        ANNA
                      (lacht)
            Ach ja?

Er lächelt, zufrieden und offen heraus - zum
allerersten Mal.

                    ANNA
               (wieder ernst)
        Warum tun Sie das alles für mich?

Pause.

                  THOMASIUS
            (ungewohnt aufrichtig)
          Weil Sie immer noch hier sind.

Ihre Augen haften für einen gemeinsamen Moment aneinander. Ein Moment, der eine Ewigkeit zu dauern scheint.

                                     CUT TO:

INNEN. SWIMMING POOL - NACHT

Sie lässt ihren Bademantel fallen. Darunter
kommt nur noch ihr knapper Bikini zum Vor-
schein.

Thomasius steht am anderen Ende des Pools,
beobachtet die Tür und ...

... späht in ihre Richtung, als sie vom Bek-
kenrand langsam ins Wasser steigt.

SPÄTER

Sie schwimmt ihre Bahnen. Und währenddessen lässt
er hin und wieder seinen Blick über sie schweifen.

SPÄTER

Anna schwimmt. Doch diesmal nicht im hinteren
Bereich des Pools, sondern in Richtung Tür,
wo Thomasius Wache hält.

Sie schwimmt zum Beckenrand, klammert sich am
Becken fest und verwickelt ihn in ein Gespräch.

SPÄTER

Während Anna ihre Bahnen schwimmt, spaziert
Thomasius am Pool entlang und folgt ihr auf
gleicher Höhe; führt ihre gemeinsame Unterhaltung fort.

SPÄTER

Anna klemmt am länglichen Beckenrand und
lächelt vor sich hin, während er auf einem
der Liegestühle am Beckenrand sitzt und sich
weiter ausgiebig mit ihr unterhält. Locker
und ohne jede Anspannung, die ihrer Situation
zweifellos geschuldet wäre.

INNEN. HOTELFLUR - SPÄTER

Thomasius führt sie zurück zum Zimmer; läuft
unmittelbar hinter ihr durch den Flur. Annas
Nacken spiegelt sich unter den Scheinwerfern
der Deckenlichter und verdeutlicht, wie die
letzten Wassertropfen an ihrem Hals hinun-
tergleiten, über die Schultern perlen und in
ihrem Bademantel verschwinden.

INNEN. SUITE / SCHLAFZIMMER - SPÄTER

Er betritt die Suite, prüft provisorisch das
Wohnzimmer, ...

... das Schlafzimmer, ...

... das Bad.

Sie folgt ihm ins Schlafzimmer. Und als er
nach seiner Kontrolle aus dem Badezimmer
kommt, steht sie vor ihm; ihre Haare nass und
in jugendlichem Lockenzopf über die vordere
Schulter gelegt. Sie steht einfach nur da -
und schaut ihm entgegen.

Thomasius bleibt an ihr haften. Und innerhalb
eines einzigen Moments ...

... verliert er sich in ihr.

Ihr Brustkorb hebt sich von der tiefen At-
mung, die sich vor Erregung in ihren Lungen
aufbäumt - bis sie durch ihren Mund atmen
muss, um genug Luft zu bekommen.

Im Hintergrund ertönt der angedeutete Chor
aus Nothing But Thieves' *„Hostage"*.

Und Thomasius ...

... drückt sie gegen die Wand; schenkt ihr
einen langen Kuss.

Ihre Hände greifen Thomasius' Hinterkopf,
während seine über Annas Schultern gleiten.

*„Keep me in the dark. I want to feel like a
hostage."*

Der Bademantel fällt um ihre nackten Füße zu
Boden.

Er wirft sie aufs Bett, steigt über sie.
Tausend Berührungen - jede einzelne auf
unnachahmliche Weise essentiell und einma-
lig.

„I warned you, I warned you, I want you to be happy!"

Sie bäumt sich auf - ihm entgegen - und zieht sein Shirt aus.

Hände gleiten über ihre sanfte Elle; von ihren Haaren perlen letzte Wassertropfen.

Sie greift nach seinem Gürtel.

„Point it at my heart ..."

Ihre Haare wirbeln unter dunklen Blau-Schwarz-Schattierungen um seinen Körper - die einzigen Farbtöne, die wir noch wahrnehmen, als der Halbmond unter seinem schwachen Licht nur noch einzelne Körperpartien durch die Vorhänge reflektiert.

„I warned you, I warned you, I want you to be happy!"

Ihre Lippen.

Und ihre Zungen.

Nackte Körper - in Ekstase und Leidenschaft.

Seine Fäuste, die sich in die Matratze stemmen, als sie beide sich ineinander verschlingen und lieben.

Und sie wippen.

Sie toben.

Sie beben.

So lange, bis ...

... bis ...

... sie ihre Haare unter dem Höhepunkt des Aktes nach hinten wirft und ...

... er seinen Kopf erschöpft in ihren Brüsten wiegt.

„Sometimes I feel like a hostage."

                                        CUT TO:

INNEN. SCHLAFZIMMER - TAG

Anna öffnet die Augen.

Sie dreht sich um ...

... und findet eine leere Betthälfte vor.

Verschlafen, aber sichtlich entspannt, streckt sie sich über die gesamte Matrat- ze, strahlt über das ganze Gesicht und richtet sich langsam auf. Sie zieht sich ein Shirt über den nackten Oberkörper und den am Boden liegenden Slip über ihre Hüften und schlürft zur Schiebetür, die sie mit erregt schmollendem Mund öffnet und ...

INNEN. SUITE - TAG

... Thomasius und dessen Vorgesetzten ent- gegenschmachtet, die beide über dem Tisch lehnen und sie plötzlich gemeinschaftlich anstarren.

Anna fasst sich umgehend wieder; unterbricht
abrupt ihre lasziv-aufgeladene Pose, mit der
sie Thomasius begrüßen wollte.

                    REITER
              (skeptisch und direkt)
            Ziehen Sie sich was an! Wir fah-
            ren in zehn Minuten.

                    ANNA
            Was?

Sie sucht Thomasius' Blick.

                    ANNA
            Wieso? Es ist ...

                    REITER
            Packen Sie Ihre Sachen! Sie müs-
            sen hier weg!

                    ANNA
            Warum? Wa ...

Anna stolpert über das Bild des Fernsehers,
auf dem eine Reporterin vor einem abgesperr-
ten und mit Polizeieinheiten besetzten Gebäude zu sehen ist.

                    REPORTERIN #2
            ... offenbar handelt es sich um
            den Richter, der den Prozess um
            den mutmaßlichen Clan-Chef Berzan
            Kurdî verantwortete, und der
            heute fortgesetzt werden sollte.
            Die Haushälterin fand die Leiche
            des Richters heute Morgen gegen
            acht Uhr dreißig, als ...

ANNA
(zu den Männern)
War *er* das ...?

REITER
Das wissen wir nicht. Aber wir
müssen davon ausgehen.

ANNA
Wieso?

THOMASIUS
Der Staatsanwalt ist gestern
Abend verschwunden.

ANNA
(unruhig)
Oh Gott!

Sie irrt unruhig durch den Raum; stakst orientierungslos über den Boden.

REITER
Jetzt ganz ruhig, ja? Ziehen
Sie sich an! Packen Sie Ihren Kram und dann verschwinden
wir!

Anna sucht wieder Thomasius. Seinen menta-
len Rückhalt. Oder zumindest etwas Zuversicht.

Fehlanzeige.

REITER
(ungeduldig)
Jetzt!

Sie begibt sich ins Schlafzimmer. Doch nicht,
ohne ein letztes Mal hilfesuchend auf Thomasius hängenzubleiben.

Reiter registriert das mit kritischem Auge,
während er innerlich eins und eins zusammen-
zählt und einen tiefen Seufzer ausstößt.

                REITER
            (zu Thomasius)
        Was haben Sie hier eigentlich
        angestellt, hm?

Thomasius ignoriert den Vorwurf seines Vorgesetzten und geht Anna nach, ins ...

                                        CUT TO:

INNEN. SCHLAFZIMMER - TAG

Er schließt die Schiebetüren hinter sich.
Anna wirft ihre Klamotten in ihre Tasche.

                ANNA
            (hektisch)
        Wo fahren wir hin?

                THOMASIUS
        Es gibt einen Treffpunkt außerhalb
        der Stadt. Deine Vertrauensper-
        son holt dich ab und bringt dich
        in ein sicheres Haus.

Sie schaut auf. Schweigend.

                THOMASIUS
        Solange, bis du deine Aussage
        machen kannst.

                    ANNA
     Und du?

                  THOMASIUS
               (schüttelt den Kopf)
     Ich weiß nicht, wo sie dich hin-
     bringen.

                    ANNA
     Das habe ich nicht gefragt.

Schweigen.

Lang. Viel zu lang.

Und sie begreift.

                  THOMASIUS
                (ablenkend)
     Beeil dich!

Er will gehen, doch sie ...

... springt ihm hinterher, packt ihn.

                    ANNA
     Du lässt mich jetzt nicht allein!
          (schlägt auf ihn ein)
     Du nicht! ... *Du nicht!*

Er macht sich nicht einmal die Mühe, ihre
Schläge abzuwehren. Stattdessen wartet
er, bis die Kraft in ihren Armen schwindet und sie erschöpft in seiner Brust
versackt.

Dann streicht er ihr tröstend durch das
wunderbar glatte Haar.

                    THOMASIUS
           Das war nie so vorgesehen.

Sie schaut auf.

Keine Träne. Keine Trauer. Nur blanke Enttäuschung.
Ihre Augen wirken geschlagen; ohne Licht und ohne
Leben. Eine bittere Offenbarung an ihre Gefühle.

                      ANNA
                 (bitterernst)
           Ich werde es nicht sagen.

Er sieht ihr in die Augen - und leitet ihre Worte
aus ihrem Blick ab. Dankbar. Und doch machtlos.

                    THOMASIUS
                 (nickt, leise)
           Okay.

Dann küssen sie sich. Bis ...

... sie von ihm ablässt, zu ihrer Tasche
greift und im Badezimmer verschwindet.

INNEN. SUITE - TAG

Thomasius kommt aus dem Schlafzimmer, wo
neben Reiter und dem Bewacher #1, der Anna
anfangs ins Hotel eskortierte, plötzlich auch
Max und Jonas vor ihm stehen.

Ein irritierter Ausdruck setzt sich auf seinem Gesicht fest.

Jonas hat derweil nichts als Groll für Thomasius übrig. Und Max ist noch immer gezeichnet
von ihrer Auseinandersetzung.

                    REITER
            (bemerkt die unübersehbaren
            Spannungen im Raum)
        Meine Herren: Mir ist bewusst,
        dass es hier einige Probleme
        gab und Sie sich offenbar lieber
        im Ring gegenüberstehen würden.
        Aber darauf können wir jetzt
        keine Rücksicht nehmen.

Strenge Ausdrücke auf den Gesichtern der
Männer, die durch das Zimmer hetzen. Distan-
ziert; wutgeladen.

                    REITER
        Von mir aus können Sie sich nach
        diesem Einsatz so oft die Köp-
        fe einschlagen, wie sie wollen.
        Aber jetzt ziehen Sie an einem
        Strang! Verstanden?

Die finsteren Staredowns zwischen den Männern
nehmen nicht ab. Ganz im Gegenteil.

                    REITER
            (deutet auf Bewacher #1)
        Oberkommissar Schürl dürften Sie
        noch kennen.

Thomasius und Schürl nicken sich gegenseitig
zu.

                    REITER
        Er ist unsere Verstärkung.
        Wir sind heute auf uns ge-
        stellt. Der Großteil der Kol-
        legen riegelt vorsorglich das
        Gerichtsgebäude ab; der Rest

kontrolliert jegliche Zufahrten
dorthin.
(nickt Schürl entgegen)
Schürl führt die Kolonne an.

SCHÜRL
Wir haben drei Wagen am Seiteneingang. Wir bringen Ihre Zeugin runter, schleusen sie zügig
durch den Personal- und Liefereingang hinaus und reihen uns
unmittelbar in den Verkehrsfluss
vor dem Gebäude ein. Sobald wir
die erste Kreuzung überquert haben, geht's über die Bundesstra-
ße raus aus der Stadt.

Thomasius verfolgt Schürls Aussagen mit ange-
strengter Stirn.

SCHÜRL
Kein Blaulicht, keine Sirene -
keine Aufmerksamkeit.

THOMASIUS
Dann sollten wir *ein* Fahrzeug
nehmen. Alles andere würde das
genaue Gegenteil bedeuten.

SCHÜRL
Nein, ausgeschlossen. Wir müssen ein Mindestmaß an Sicherheit
garantieren.

THOMASIUS
(angestrengt)
Dann lassen Sie sie hier!

                    SCHÜRL
        Was?

                    THOMASIUS
                (zu Reiter)
        Das wäre das Sicherste.

                    REITER
        Vergessen Sie's!

                    THOMASIUS
        Denken Sie, die machen das
        nur, um uns einzuschüchtern?
        Letztendlich ist es scheiß-
        egal, ob es den Richter, den
        Staatsanwalt oder sonst wen
        trifft. Das zögert den Prozess
        höchstens hinaus. Das Einzi-
        ge, das von Bedeutung ist, ist
        ihre Aussage.

                    SCHÜRL
        Sie meinen, die versuchen, uns
        rauszulocken?

Thomasius nickt.

Pause.

Dann ...

                    MAX
                (aus dem Hintergrund)
        Er hat Recht.

Alle schauen auf Max.

                    MAX
              (unangenehm einsichtig)
          Vielleicht wissen die längst, wo
          sie ist und warten nur auf 'ne
          Gelegenheit.

Max' und Thomasius' Blicke kreuzen sich. Und
für einen Moment scheinen ihre Differenzen
beiseitegelegt.

                 THOMASIUS
          Sollten wir *jetzt* da rausgehen,
          ist es nicht unwahrscheinlich,
          dass wir denen direkt ins Netz
          gehen.

                  REITER
          Es gab in der Vergangenheit schon
          Prozesse, die durch weniger dra-
          stische Einschüchterungsversuche
          ins Leere gelaufen sind.

                 THOMASIUS
          Nur dass es dabei nicht um Poli-
          zistenmord ging.

                  REITER
              (unmissverständlich)
          Der Polizeipräsident will, dass
          sie noch heute in den Zeugen-
          schutz geht. Und ich werde dem
          nicht widersprechen. Schon gar
          nicht nach dem Desaster, das
          Sie hier in der vergangenen
          Woche angerichtet haben und
          das *ich* bei ihm rechtfertigen
          muss.

Thomasius trifft auf Reiters strenge Entschlossenheit, die ihm bis gerade eben noch
völlig unbekannt war.

Und dann ...

... kommt Anna aus dem Schlafzimmer - und
entdeckt Max und Jonas.

                    ANNA
              (aufgebracht)
        Mit *denen* setze ich mich auf gar
        keinen Fall in ein Auto!

Stille.

Reiters jüngste Souveränität scheitert mit
einem Mal an Annas Mentalität. Tiefgreifend
erschöpft von der verworrenen Situation sucht
er Thomasius, der ...

... ihm nun entschlossen und mit einem ver-
sierten Ausdruck vorausschauender Weisheit
begegnet.

                    SCHÜRL
              (amüsiert)
        Ich habe hier scheinbar was ver-
        passt, hm?

                              CUT TO:

INNEN. HOTELFLUR - TAG

Anna wird von den Männern - schwerbewaffnet
und in voller Kampfmontur - durch den Flur
geleitet.

INNEN. FAHRSTUHL - SPÄTER

Anna steht in der hintersten Ecke des Fahr-
stuhls, wird von den Männern verdeckt. Sie
trägt eine dunkle Jacke, die ihr offenbar viel
zu groß ist, und hat die Haare eng unter einem Basecap zusammengebunden. Thomasius hat
sich schützend vor ihr aufgebaut.

Vorsichtig und unbemerkt führt Anna ihre Hand
an der Fahrstuhlwand entlang nach vorn - und
ergreift die seine.

Und er umschließt sie - heimlich und sanft.

Anna spürt seine Wärme und schließt für einen
Moment die Augen.

Für einen letzten, friedlichen Moment.

                                    CUT TO:

AUSSEN. HOTEL - TAG

Die Fahrzeugkolonne ist dicht an dicht am
Liefereingang des Hotels positioniert. Die
Türen sind geöffnet - die Männer zusätzlich
blickdicht um das Fahrzeug aufgestellt. Und
in einem kurzen Moment huschen mehrere Personen unerkannt in das mittlere Fahrzeug.

Dann schließen sich die Türen.

Die Kolonne fährt ab - durch die Seitengasse
bis über den Vorplatz des Hotels, anschließend die Auffahrt entlang und hinaus auf die
angrenzende zweispurige Straße - und taucht
im Stadtverkehr des Vormittags unter.

                                    CUT TO:

AUSSEN. STRASSE - TAG

Die Kolonne schlängelt sich durch die Straßen.

INNEN / AUSSEN. FAHRZEUG - TAG

Thomasius beobachtet vom Rücksitz aus die
Straße und sämtliche Bewegungen um ihn herum:

Autoinsassen auf der Nebenspur, ...

... Fußgänger auf den Bürgersteigen, ...

... Gesichter und Begegnungen; getarnt unter
Gesten und Alltagssituationen.

Anna sitzt neben ihm. Angespannt. Still.

Die Kolonne schleicht mit dem stockenden Verkehrsfluss zu einer Kreuzung vor.

                    FUNK (O.S.)
              Echo 10 für Rekon 4 ...

Schürl, auf dem Fahrersitz, greift zum Funkgerät.

                    ECHO 10
              Echo 10 hört ...

Jonas - im anderen Fahrzeug - schaut durch
die Frontscheibe nach oben. Ein Helikopter
überfliegt ihre Position.

                    FUNK (O.S.)
              Stockender Verkehr auf der
              Potsdamer, bis fünfzig Meter

nach der Kreuzung. Danach habt
ihr freie Fahrt bis Checkpoint
zwei.

Dann verschwindet der Hubschrauber irgendwo
am Horizont.

Max sitzt neben Jonas am Steuer, schaut sich
immer wieder um, während er stop-and-go durch
den dichten Verkehr schleicht. Die anderen
zwei SUVs sind direkt hinter ihm.

Die Fenster fremder Autos öffnen sich. Arme
hängen herunter, Köpfe strecken sich hinaus.
Es ist ein heißer Tag.

Angestrengte Blicke der Beamten, die durch
das Treiben des Stadtlebens schwenken.

Auf der ersten Abbiegerspur links von ihnen
öffnet sich eine Fahrzeugtür. Ein tiefgebräun-
ter Mann mit Sonnenbrille und Umhängetasche
steigt aus und läuft den bebauten Mittelstreifen entlang.

Auf der anderen Straßenseite ein kräftiger
Kerl, - ebenfalls unter einer Sonnenbrille -
der an seinem Handy hängt und in Richtung der
Fahrzeugkolonne starrt.

                    MAX
          (zu Jonas auf dem Beifah-
           rersitz)
          Deine Seite, links neben der
          Bushaltestelle.

Jonas sucht - und findet.

                    MAX
          Hast du ihn?

                    JONAS
                    (greift sein Maschinenge-
                    wehr)
          Check!

                    MAX
                    (ins Funkgerät)
          Charlie, rechte Seite, Bushal-
          testelle: Weißes Shirt, Sonnen-
          brille, Kraftpaket. Starrt der
          euch so an?

                    BEWACHER #2 (O.S.)
          ... sieht so aus.

                    MAX
          Bleibt mal drauf!

                    BEWACHER #2 (O.S.)
          Geht klar!

                    SCHÜRL
          Bravo: Behaltet die rechte Seite
          im Blick!

                    BEWACHER #3 (O.S.)
          Wir haben unsere Augen überall.

Thomasius bleibt derweil auf dem Mann links
auf dem Mittelstreifen haften, der in Richtung Kreuzung läuft.

Jonas beobachtet durch die getönten Scheiben den
Verdächtigen mit dem südländischen Teint und dem
auffallend langen Bart auf der rechten Seite.

                        JONAS
             Verdammte Vorurteile!

Max lacht - und bewegt den Wagen weiter nach
vorn.

Die Ampel springt auf Rot.

Die Kolonne kommt erneut zum Stehen.

Thomasius' Mann auf der linken Seite geht
derweil über die Ampel.

Der Verdächtige rechts hängt weiter am Telefon und lacht - breit grinsend.

                     BEWACHER #2 (O.S.)
             Scheint harmlos zu sein.

Auf Thomasius' linker Seite steigt - mitten
im stockenden Verkehr - ein weiterer Mann aus
dem Fahrzeug und tritt auf den Mittelstreifen.

Thomasius prüft erneut dessen Kollegen auf
der Kreuzung, und anschließend ...

... wieder den neuen Mann auf seiner Linken.
Und kurz darauf ...

... wird das Kennzeichen des Mercedes' frei,
aus dem die beiden Männer gestiegen sind.

Und Thomasius erkennt es.

Der Mann auf der Kreuzung stoppt, dreht sich
zu der Kolonne, geht auf die Knie und verschwindet aus Thomasius' Sichtfeld.

THOMASIUS' POV: DER ZWEITE VERDÄCHTIGE LINKS
BÜCKT SICH, TAUCHT EBENFALLS HINTER DEN AUTOS
UND DEN MENSCHEN AB.

Dann springen beide blitzartig wieder auf und ...

... rennen davon.

                    THOMASIUS
                  (schreit)
            Deckung!

Boooooooooom!

Eine Granate durchbricht den Fahrzeugboden des
ersten SUVs und schießt eine tiefe Rauchschwa-
de über den Asphalt. Eine weitere Granate ...

Boooooooooom!

... lässt das Heck des zweiten Fahrzeugs in die
Höhe springen und mit der Druckwelle die Fenster
der umgebenden Autos zerplatzen.

Aus dem Mercedes und einem weiteren Fahrzeug
steigen mehrere maskierte Männer mit Maschinen-
pistolen aus und feuern Schüsse auf die Kolonne.

Bam-bam-bam-baaaaaaam! Ra-ta-ta-ta-ta-ta-taaaaaa!

Dazwischen die dumpfen Schüsse einer Shotgun,
die riesige Löcher ins Blech schießt.

Pfffaaam! Pfffaaaam! Pfffaaam!

Die Kolonne wird massiv durchlöchert. Kugeln
schlagen in die Karosserie, stieben durch
Frontscheibe und Seitenfenster.

Ra-ta-ta-ta-ta-ta-taaaaaa!

Die Menschenmassen auf den Gehwegen fliehen; suchen verzweifelt Deckung.

Dann, endlich ...

Schüsse aus dem SUV!

Doch ...

Bam-bam-ba ...!

... aussichtslos!

Ra-ta-ta-ta-ta-ta-taaaa!

Bam! - Max wird von Dutzenden Kugeln zersiebt.

Ein weiterer Fahrer ebenfalls. Er wird auf der Beifahrerseite von seinem Kollegen durch die Tür ins Freie gezogen - halbtot.

                    BEWACHER #4
          Aaaaahhhhhh!!!

Bam-bam-bam-baaaaaaam!

Eine weitere Granate rollt unter der Kolonne hindurch und ...

Boooooom!

... zerfetzt zwei weiteren Beamten den Unter- leib, die hinter den Fahrzeugen Deckung suchten.

Der Fahrer im dritten SUV rammt sich derweil durch die Fahrzeuge und den stillstehenden

Verkehr - vor und zurück ... *Wham! - Wham!*
... Blech auf Blech. Immer wieder. Ein Raum-
gewinn von wenigen Metern.

Pfffaaam! Pfffaaaam! Pfffaaam!

Die Shotgun zersiebt seine Frontscheibe.

Der Fahrer sucht Deckung, sieht kaum noch etwas durch die zerschossene Scheibe und reißt
den Rückwärtsgang rein - tritt hart drauf.

Bam! Die nächste Stoßstange versperrt den
Weg. Er setzt mit dem halbdurchlöcherten Wagen wieder nach vorn ...

Bam!

... dann mit Anlauf zurück, ...

Bam!

... während ...

... eine weitere Granate in seine Richtung
unter das Fahrzeug rollt und ...

Booooooom!

... das Heck in die Luft schießt! Der SUV
wirbelt hoch, beißt sich mit dem Heck in die
Luft und stürzt im freien Fall wieder zu Boden - landet auf der Front eines Kleinwagens
und begräbt die Fahrerin unter sich.

Kraaaaaaaacccchhh!!!

Dann wird es ruhig. Gespenstig ruhig.

Totenstille kehrt ein.

Die Straße wirkt leergefegt. Der Rauch der Ex-
plosionen legt einen Schleier über die Szenerie.

Und Thomasius und Anna ...

... sitzen mit Schürl ein paar Wagen hinter
der zerstörten Kolonne in einem unscheinbaren
Privatfahrzeug.

Langsam kommen sie aus der Deckung hervor.

                    SCHÜRL
            (mit Fokus auf das Chaos
             auf der Straße)
        Ach du Scheiße!

Mehrere maskierte Männer schreiten geschlossen zur Kolonne.

                    ANNA
            (verstört)
        Oh Gott!

Die Angreifer durchsuchen die Kolonne und
prüfen die Leichen - werden aber offensicht-
lich nicht fündig. Dann finden sie Jonas;
packen ihn, ziehen ihn vom Boden hoch. Die
Finger seiner linken Hand fehlen - und die
Rechte liegt irgendwo unter einem der Fahrzeuge.

Ein Wortwechsel.

Thomasius beobachtet den Moment aus ihrer si-
cheren Entfernung und drückt Anna nach unten,
in den Fußraum des Wagens.

                    THOMASIUS
          Ganz ruhig bleiben!

Der Angreifer wartet auf Jonas' Antwort. Doch
sie bleibt aus. Und ... *Bam!* ... einen Kopf-
schuss später liegt der Rest von Jonas auf
dem Asphalt. Leblos. Tot.

Anna kneift die Augen zusammen, zittert; wissend, was passiert ist.

                    THOMASIUS
          Nicht bewegen!

Die Angreifer geben sich hektisch Signale;
beginnen, die anderen Fahrzeuge auf der Straße zu inspizieren.

                    SCHÜRL
          Fuck!

                    THOMASIUS
          Ganz ruhig! Wir lassen sie ab-
          ziehen. Dann ...

Schürl greift nach dem Funkgerät auf der Ablage.

                    THOMASIUS
          Nicht!

                    SCHÜRL
             (ins Funkgerät)
          Alle Einheiten für Echo 10!
          Schusswechsel auf Potsdamer
          Straße. Wiederhole ...

Bam-bam-bam-bam-bam!

Schürls Körper wird durch die Scheibe durchlöchert. Sein Blut spritzt bis auf die Rückbank.

                    ANNA
                 (schreit)
           Aaaahhhh!

Thomasius wirft sich schützend über Anna.

Die Angreifer nähern sich.

Währenddessen entkoppelt Thomasius den Rücksitz, zieht ihn vor und öffnet mit dem Loch in
der Rückbank den Weg in den Kofferraum.

                  THOMASIUS
           Rein da! Kletter nach hinten! Los!

Anna kriecht von der Rückbank in den Kofferraum.

Thomasius schließt die Rückbank.

Er kann nach vorn nichts sehen - die Front
ist völlig zersiebt. Dann ...

... kauert er sich hinter den Fahrersitz.

Und er wartet.

Und wartet.

Bis ...

Klack!

... er einen Schritt auf naheliegendem Glas
vernimmt. Und Thomasius ...

... kickt den Sitzbügel, stemmt sich von hinten gegen Schürls Fahrersitz, fliegt in die vordere Sitzreihe und ...

Bam!

... jagt dem ersten Angreifer durch das Seitenfenster eine Kugel in den Kopf.

Und sofort ...

Bam-bam-bam-bam-bam! - Ra-ta-ta-ta-ta-ta-ta!

... fliegen ihm die nächsten Kugeln um die Ohren und zersetzen das gesamte Fahrzeug, während er wieder auf der Rückbank Deckung sucht und der tote Körper seines Kollegen auf dem Fahrersitz immer mehr Kugeln für ihn abfängt.

Anna kreischt. Doch niemand hört sie. Die Schüsse sind zu laut, als dass irgendwer von ihren Schreien Kenntnis nehmen könnte.

Bam-bam-bam-bam-bam!

Ra-ta-ta-ta-ta-ta-ta!

Irgendwann ...

... verstummen die Schüsse.

Dann betätigt Thomasius vorsichtig und leise die Türklinke des Rücksitzes hinter dem Fahrer und legt sich Richtung Beifahrerseite über die gesamte Rückbank.

Er schaut nach oben - dann wieder zur Tür; kurbelt vorsichtig das Fenster hinter dem

Beifahrersitz runter. Und er wartet - auf den
richtigen Moment.

Und dann ...

... erscheint eine Kontur hinter dem zersieb-
ten Fenster. Und Thomasius ...

Zack!

... kickt mit dem langen Bein die Tür hinter
dem Fahrer auf. Sofort prasseln Schüsse auf
die aufschwingende Karosserie, während er den
Haltegriff packt, sich auf der anderen Seite
der Rückbank nach oben aus dem Fenster ins
Freie zieht und ...

Bam-bam-bam-bam-bam!

... über das Autodach hinweg den zweiten
Angreifer wegbläst und einen weiteren unter
Beschuss nimmt, der völlig überrumpelt hinter
dem nächstgelegenen Fahrzeug Deckung sucht.

Thomasius klettert raus - feuert weiter.

Bam! ... Bam! ...

Lange Pausen zwischen den Schüssen, um sich
Zeit zu verschaffen.

Bam! ... Bam! ... Bam!

Ein weiterer Angreifer taucht auf; sucht
Deckung. Sein Kollege murmelt etwas in ara-
bischer Sprache - gibt ihm Signale, sich den
Bürgersteig entlang nach vorn zu bewegen.

Unterdessen schleicht Thomasius geduckt um
das Fahrzeug herum zum Kofferraum.

Ra-ta-ta-ta-ta-ta-ta! - Schüsse aus der
feindlichen Deckung!

Thomasius öffnet den Kofferraum.

> ANNA
> (erschrickt)
> *Aaaah!*

> THOMASIUS
> Ich bin's! Ich bin's! Los raus!

Sie weint, zittert.

> THOMASIUS
> *Komm!*

Bam! Bam!

> ANNA
> (springt aus dem Fahrzeug)
> *Aaaaaaahhh!*

Kugeln schlagen durch die Kofferraumklap-
pe. Und dichter Rauch entweicht dem Fahr-
zeuginneren und der Motorhaube, sodass das
Gefecht inmitten der Straßenkreuzung in
ein undurchdringliches Nebelszenario ge-
taucht wird.

Anna und Thomasius gehen kurz hinter dem
nächsten Fahrzeug in Deckung. Sie können
kaum die Hand vor Augen erkennen.

Und immer wieder einzelne Rufe! Von links,
von rechts! Von Menschen - irgendwo in dem
Wirrwarr des Chaos`.

Starker Husten. Überall.

Und dazwischen militärisch anmutende Laute in
fremder Sprache.

Und *Schritte*.

Thomasius schiebt Anna von sich weg, positioniert sie hinter dem Radstand des Fahrzeugs
und signalisiert ihr: *Sscchh!*

Sie bebt am ganzen Körper. Ihre Lippen zittern - die Zähne klackern.

Thomasius bewegt sich langsam von ihr weg.
Durch den Nebel. Durch undurchdringliches
Nichts.

Bam!

Thomasius springt geistesgegenwärtig nach
hinten, als die Kugeln auf ihn einpras-
seln.

Bam! Bam! Bam! - Ra-ta-ta-ta-ta-ta-taaaa!

                    ANNA
          Aaaaaahhhh!!!

Er springt rücklings gegen ein Fahrzeug und
sein Körper schlittert über die Motorhaube gen Boden; landet irgendwo im verhangenen
Nebel.

Ra-ta-ta-ta-ta-ta-ta!

Noch mehr Schüsse! Kurze, helle Blitze im Nebel. Wie Diskolichter in einem Techno-Bunker.
Nur dass die Tanzfläche leer ist und hier niemand mehr tanzt.

> ANNA
> (haucht)
> Nein!

Stille. Das durchlöcherte Fahrzeug fängt
im Kofferraum Feuer und schwarzer Rauch
verfängt sich in dem ohnehin schon dichten
Nebel.

Rings um Anna herum ist kaum noch etwas zu
erkennen.

Und dann, ...

... irgendwann, ...

... taucht eine Silhouette vor ihr auf, die
sich langsam und mit jedem sich nähernden
Schritt lichtet.

> ANNA
> Tom!

Nein! Es ist einer der maskierten Angreifer,
der sie sofort erkennt und ...

Bam!

... über sie hinwegfliegt, als sein Schädel
hinterrücks von einer Kugel gespalten wird.

Anna zuckt zusammen und weicht ihm aus, während der Körper des Mannes über ihr zu Boden sackt und unter einem dumpfen Laut leblos auf dem Asphalt landet. Dann schaut sie auf; erkennt, wie Thomasius sich zu ihr vorhumpelt.

                    ANNA
        Oh Gott!

Sie lächelt für einen Moment. Dankt jeder irdischen Macht, die ...

Kling ... Kling! ... Kli-kli-kling!

                    THOMASIUS
        Runter!

Thomasius wirft sich über sein Mädchen und verliert dabei seine Waffe, als ...

Boooom!

... eine Granate unmittelbar neben ihnen hochgeht.

Ein Fiepen. Ein nicht enden wollender *Pfeifton.*

Sie schreit.

Aber sie hört nichts. Nur gellendes Fiepen. Vielleicht schon die Nulllinie. Doch sie kann ihren Körper noch spüren.

Sie lebt.

Noch immer!

Schließlich wird es hell über ihr. Thomasius richtet sich auf - fast wie in Zeitlupe.

Alles wirkt so surreal.

Schreie. Hörbare Schreie.

Echtes Leid.

Das Fiepen schwächt allmählich ab. Und dann ...

... *eine Waffe* – aus dem Nebel heraus auf Anna und Thomasius gerichtet.

Zack!

Thomasius schießt seinen Arm heraus, wehrt den Lauf der Waffe ab, als ...

Bam!

... sich ein Schuss löst. Die Kugel schlägt direkt neben Anna in den Asphalt, während ...

... Thomasius bereits schnelle Fäuste in die Skimaske vor ihm jagt. Links - rechts - Uppercut! *Bam!* Er stößt seinen ganzen Körper in den Gegner, der mit dem Rücken im Seitenfenster eines Fahrzeugs landet.

Ba-Ba-Bam! Thomasius' schnelle Fäuste und ein Tritt in den Unterleib.

Fumm!

Der Gegner geht zu Boden, doch greift reflexartig Thomasius' Bein und bringt ihn aus dem Gleichgewicht, indem er ihm hastig entgegenrobbt. Thomasius zieht geistesgegenwärtig das zweite Bein nach und ...

Whamm!

... tritt dem Kerl noch im Zurückfliegen gegen
die Schläfe.

Thomasius landet hart auf dem Rücken. Sein
Gegner taumelt.

Kurz darauf fassen sich beide Männer, drük-
ken sich vom Boden ab und stehen sich in der
rauchvernebelten Enge zwischen all den Fahrzeugen gegenüber.

Der Maskierte - ein Monster von einem Mann
- zieht sich die Maske vom Kopf, spuckt Blut
auf den Boden und fletscht die Zähne.

Thomasius reißt sich die schwere Schutzweste
vom Körper und lässt sie zu Boden fallen.

Dann gehen sie ganz langsam aufeinander zu.

Und irgendwann ...

Bam!

... sitzt der erste Schlag des Monsters.
Thomasius wehrt zwei weitere mit angelegten
Armen ab; versucht, den Kerl zu treffen, doch
landet in dessen Deckung. Dann täuscht Thomasius einen weiteren Schlag an, duckt sich
unter einer hereinrasenden Faust weg und will
das Monster mit einem Lowkick aus dem Gleichgewicht bringen, doch trifft auf ultrahart
angespannte Oberschenkel, die ihm beinahe
selbst das Schienbein zertrümmern.

Fummm!

Er taumelt; humpelt zurück, als ...

... das Monster plötzlich auf ihn einspringt, Thomasius ihn mit einem gekonnten Griff abwehrt, nach unten drückt, die Arme um dessen Hals schlingt und ihm die Luft abzuschnüren versucht.

Doch das Monster bäumt sich auf, umklammert Thomasius' Hüfte, hebt ihn mit seinem massiven Körper hoch - weit hoch - hechtet nach vorn und ...

Whhhaaaammmm!

... schleudert ihn mit dem Rücken voran auf den Asphalt.

Krack!

Irgendetwas ist ein für alle Mal durch.

Doch Thomasius lässt nicht locker; hält weiter an seinem Griff fest, während das Monster sich mitsamt Thomasius wieder aufrichtet. Thomasius klemmt seine Beine um den Körper des Monsters, während er von ihm links und rechts gegen die Karosserien der Fahrzeuge geschleudert wird.

Bam!

Bam!

Bam!

Und dann ...

... schleudert der Bastard ihn auf einen Kofferraum der umliegenden Wagen.

Whhhaaammmmmm!

Thomasius kann nicht mehr; lässt von ihm ab.

Das Monster taumelt zurück, löst sich - nach Luft schnappend - aus Thomasius' Griff.

Und Thomasius ...

... springt auf einmal von der Motorhaube direkt auf ihn zu, rammt ihm mit dem Knie zwei Zähne in den Rachen, packt diesen riesigen Schädel und hämmert ihn gegen das Rücklicht eines Wagens.

Bam!

Er zieht ihn zurück und schleudert ihn nochmals rein.

Bam!

Und nochmal.

Bam!

Er drückt den Schädel des Monsters so tief in die Reste des Rücklichts, dass die Scherben ihm das halbe Gesicht aufreißen und verhakt dessen Visage in den Glas-Zacken. Und dann, um ganz sicherzugehen, tritt Thomasius zwei Schritte zurück, stemmt sich ab, springt vor und jagt dem Bastard seinen Fuß in den Hinterkopf.

Bam!

Dann ist es vorbei.

Das Monster ist am Ende.

Aber Thomasius auch.

Durch den sich allmählich lichtenden Nebel aus Rauchschwaden sucht er Anna - erschöpft und vollkommen abgekämpft.

Er findet sie unter einem Wagen.

Sie zittert noch immer.

Er zieht sie unter dem Fahrzeug hervor, findet seine Waffe auf dem Boden und nimmt sie auf. Dann beugt er sich zu ihr.

Sie tastet ihn überall ab.

                    THOMASIUS
                 (spuckt Blut)
            Ich bin okay.

Sie lacht - und weint. Kaum deutbar, welches Gefühl überwiegt. Irgendetwas bringt ihre Emotionen gerade völlig durcheinander.

Erleichterung. Aufatmen.

Und ...

Bam! Bam!

... zwei Schüsse!

Anna reißt die Augen auf, als Thomasius vor
ihr zu Boden sackt.

> ANNA
>> *Tooooom!*

Er fällt. Ihre Augen hasten durch die Umgebung und finden hinter einem der Fahrzeuge den
Angreifer, der noch Momente zuvor - und direkt vor ihr - vermeintlich tot zu Boden fiel.

Sie sieht direkt in seinen Lauf.

Der Angreifer presst den Finger gegen Abzug,
drückt ab ...

Klack!

... - doch seine Waffe gibt nichts mehr her.

Mit letzter Kraft robbt er auf Anna zu. Doch
die findet die Waffe in Thomasius' Hand, greift
sie, zielt, sieht dem Angreifer in die Augen
und ...

... atmet tief aus.

Und sie ...

Bam!

... macht dem letzten Angreifer ein Ende.

Der Rückstoß lässt ihre Hände zittern und die
Waffe zu Boden fallen. Und noch ehe sie realisieren kann, dass sie einen Menschen erschossen hat, fällt ihr Blick auf Thomasius - und
das Blut an ihren Armen.

                    ANNA
        Nein ... Tom! ... Tom!

Sirenen.

Sie rüttelt an ihm. Immer fester. Doch er öffnet seine Augen nicht. Kein bisschen.

Nicht ein letztes Zucken. Gar nichts.

                    ANNA
                 (weint)
        Aaaaaahhhhhhhhhhhhhhhh!

Schmerz. Rein und unumkehrbar. Höllenqualen -
durch und durch.

Im Hintergrund stoßen Polizeitrupps durch den
Nebel zu ihr.

                  POLIZIST
            Keine Bewegung!

Dutzende Polizisten umzingeln sie.

                    ANNA
                (trauernd)
        Tom!

                  POLIZIST
             (ins Funkgerät)
          Wir haben sie.

Ächzende Stimmen aus dem Funkgerät.

Trubel.

Menschen.

Sirenengeheul.

> POLIZIST
> (zu Anna)
> Können Sie mich verstehen?

Keine Antwort. Nur Tränen. Als würde jemand die Welt unter Wasser setzen.

Im Hintergrund tritt Reiter vor.

> REITER
> Das ist sie.

> POLIZIST
> (hebt Anna vom Boden)
> Kommen Sie!

> ANNA
> (hysterisch)
> Nein! *Nein-Nein!*

> REITER
> Bringen Sie sie in die 31! Keine Umwege!

> ANNA
> *Neeeheeeeiiinnn!!! ... Neeeeei-*
> *iiinnn!!!*

Die Männer reißen sie von Thomasius weg und verschwinden mit ihr durch den letzten Rauch und den Nebel, der in die Atmosphäre steigt - und der mit all den Autowracks, den toten Körpern und Munitionskugeln ein Kriegsszenario hinter sich lässt.

Mitten in der Stadt. An einer ganz normalen Kreuzung.

Und der Rauch unter dem Himmelszelt wird erst zu einem grauen, dann zu einem edlen bis grellen Weiß, das die Sicht auf die Szene irgendwann vollkommen verwischt.

CUT TO:

AUSSEN. LANDSTRASSE - TAG

Eine ewige Landstraße, die von einigen Gebirgszügen begleitet wird.

Ein SUV fährt durch die Landschaft.

INNEN. FAHRZEUG - TAG

Drinnen sitzen zwei Männer; schweigen sich an.

Kein Blick füreinander - oder für die idyllische Umgebung. Nur hin und wieder in den Rückspiegel, wo ...

... Anna sitzt. Gezeichnet von unbeschreiblichen Strapazen. Sie erwidert die fragwürdigen Blicke der Männer im Spiegel mit gefestigter, ausdrucksloser Miene.

Jedes Mal.

CUT TO:

AUSSEN. LANDSTRASSE - TAG

Der SUV biegt auf einen Rastplatz und kommt vor einem geparkten, dunklen Kombi zum Stehen.

Alle steigen aus. Der Fahrer des Kombi ebenfalls.

Anna wird ihm übergeben. Hände werden ge-
schüttelt.

Anschließend steigen alle wieder in ihre
Fahrzeuge.

Der SUV setzt sich ohne Anna in Bewegung,
fährt wieder zurück. Der Kombi hingegen fährt
weiter in die ursprüngliche Fahrtrichtung.

                                    CUT TO:

INNEN / AUSSEN. KOMBI - TAG

Der Fahrer, ein LKA-Beamter, reicht Anna einen Umschlag auf den Rücksitz. Sie öffnet ihn.
Darin findet sie einen Ausweis, ein A4-Blatt
mit einer Biografie, einen Schlüsselbund und
allerhand weitere Dokumente.

                LKA-BEAMTER
        Sie heißen Maria Clara. Gebo-
        ren am 6. Mai 1988 in Berlin.
        Gewöhnen Sie sich einen kleinen
        Dialekt an. *Ick*, statt *ich*, und
        so weiter. Nur hin und wieder.
        Kleinigkeiten. Möglichst so un-
        auffällig, dass es in ihrer neuen
        Umgebung noch verzeihlich ist.

                ANNA
        Und wo ist das?

Er sieht in den Rückspiegel.

Dann kehrt er in einem kleinen Dorf in eine un-
scheinbare Seitenstraße ein; stellt den Motor ab.

Sie warten.

AUSSEN. STRASSE IM DORF - TAG

Schweigen. Und Warten.

Eine Ewigkeit vergeht. Eine halbe Stunde.
Vielleicht mehr.

INNEN / AUSSEN. KOMBI - später

Irgendwann, nachdem kein verdächtiges Fahrzeug
ihnen folgte, macht der Beamte kehrt und fährt
wieder zurück - in die entgegengesetzte Richtung.

CUT TO:

AUSSEN. STRASSE - TAG

Der Kombi bewegt sich über mehrere hundert
Höhenmeter durch enge Gebirgsstraßen, unge-
fähr einen halben Tag lang.

INNEN / AUSSEN. KOMBI - SPÄTER

In einer kleinen Stadt, irgendwo weit oben
in der Abgeschiedenheit, fahren sie an einer
kleinen Kaufhalle, einem Marktplatz mit einer
Fläche für höchstens fünfzig Menschen und einem winzigen Sportplatz vorbei, bis sie ...

AUSSEN. UNTERSCHLUPF - TAG

... an Annas neuer Bleibe ankommen.

Es ist eine winzige Hütte, mit einem großen, halb verwilderten Garten vor der Tür.
Wahrscheinlich größer als die Wohnfläche
selbst. Und unmittelbar dahinter der kluf-
tige Fels eines Gebirgsfußes - fast so, als
wäre das kleine Haus in den Berg eingear-
beitet.

Sie steigen aus.

Zögerlich nähert sich Anna dem Grundstück.

Nach einigen Momenten greift der Beamte ungeduldig nach dem Umschlag in ihrer Hand, holt
die Schlüssel heraus und führt Anna ins Haus.

INNEN. UNTERSCHLUPF - TAG

Es ist dunkel. Wenig Licht. Braune, naturfar-
bene Holzwände umranden die spartanische Ein-
richtung. Ein Fernseher in der Ecke vor der
kleinen Couch für etwa anderthalb Personen
ist der größte Luxus dieser Unterkunft.

Anna starrt emotionslos durch die Gegend -
die Schultern hängen, als würde sie auf die
Schlachtbank getrieben.

Der Beamte übergibt ihr ein Handy.

                    LKA-BEAMTER
          Das ist Ihres. Darin ist genau
          eine Nummer eingespeichert: Mei-
          ne!

Er durchsucht noch einmal den Umschlag, holt
eine versiegelte Karte hervor.

                    LKA-BEAMTER
Das ist die Nummer Ihres Not-
fallkontaktes. Sollte irgendetwas passieren und ich innerhalb
von zwei Stunden nicht erreich-
bar sein, kontaktieren Sie diese
Person. Diese Nummer ist *nur* für
den *absoluten Notfall*.

                    ANNA
Wer ist das?

                    LKA-BEAMTER
Ich habe keine Ahnung.

                    ANNA
Geht das jetzt immer so? Diese
Heimlichtuerei?

                    LKA-BEAMTER
                 (kalt)
Ich habe mir das nicht ausge-
sucht.

Sie nickt schwermütig vor sich hin. Diese ab-
geklärte Art kennt sie bereits zu genüge.

                    LKA-BEAMTER
Versuchen Sie, Ihre Biografie zu
lernen. Im Kühlschrank ist genug
für die nächsten zwei Tage. Ich
komme morgen gegen Mittag wieder. Dann gehen wir alle Fra-
gen durch, die Sie haben. Jetzt
sollten Sie erstmal ankommen.

Er will gerade gehen, da ...

                    ANNA
          Haben Sie was gehört?

Er dreht sich noch einmal zu ihr zurück.

                    ANNA
          Wissen Sie, ob er es geschafft hat?

Sein Blick senkt sich. Und seine Augen tragen
die obligatorische Kondolenz, die ein Fremder einer anderen Fremden eben entgegenbrin-
gen kann, wenn er die traurige Nachricht als
Erster übermitteln muss.

                    LKA-BEAMTER
                  (mitfühlend)
          Es tut mir Leid.

Sie versteinert.

In bitterer Gewissheit.

Und als der Beamte aus der Tür ist, rinnt ihr
eine Träne über die Wange. Still und heimlich.

                                        CUT TO:

INNEN. UNTERSCHLUPF - TAG

Anna liegt über der Couch und weint in tiefer
Trauer in sich hinein. Magenkrämpfe schütteln
sie, Flüssigkeiten drängen aus ihrer Nase.

Ihre Trauer ist vollkommen. Der größte Schmerz
in dem längsten Tal, das je ein Mensch durch-
schreiten musste. Eine Reise für die Ewigkeit.
Eine Reise ohne Wiederkehr, auf deren Weg das

herzzerreißende Gefühl von Trauer und Hilflo-
sigkeit tragischerweise nie verebbt.

Niemals.

                                    CUT TO:

INNEN. UNTERSCHLUPF - TAG

Anna beginnt, die Schubladen und Regale ein-
zuräumen.

Sie macht sauber, ordnet die Möbel neu an.

SPÄTER

Sie kocht in der Küche, lässt nebenbei den
Fernseher laufen und liest aus einem Koch-
buch, während sie einige Zutaten zerkleinert.

SPÄTER

Anna steht vor dem Spiegel und begutachtet sich:

Die Wangen, die Haut, ihre Poren.

Sie hebt ihre Haare, dreht sie zu und wieder auf. Dann, irgendwann, versteckt sie ihre
langen Haare und hält sie knapp über der
Schulter an. Zunächst etwas nachdenklich -
doch schon bald fest entschlossen.

                                    CUT TO:

INNEN. SUPERMARKT - TAG

Anna durchschreitet die Gänge des Supermark-
tes, ...

... legt Waren auf das Laufband, ...

... und erfährt das Lächeln einer älteren Dame,
die sie in ein Gespräch zu verwickeln versucht.

CUT TO:

AUSSEN. UNTERSCHLUPF - TAG

Anna bringt den Garten auf Vordermann; reißt
Unkraut heraus, pflanzt neues Grün und wässert
den Boden.

CUT TO:

INNEN. UNTERSCHLUPF - TAG

Als sie den täglichen Abwasch erledigt,
springen ihr die Nachrichtenmeldungen aus dem
Radio ins Ohr.

                    RADIO
          ... im Prozess um den des Mor-
          des an drei Polizisten schuldig
          gesprochenen Clanchefs Berzan
          Kurdî ist heute das Strafmaß
          verkündet worden. Das Gericht
          verhängte eine lebenslange
          Freiheitsstrafe mit anschlie-
          ßender Sicherungsverwahrung.
          Der Prozess war in die Schlag-
          zeilen geraten, nachdem Anhän-
          ger Kurdîs einen Anschlag auf
          eine Kronzeugin des Prozesses
          verübt hatten. Diese hatte den
          Anschlag als Einzige überlebt
          und anschließend im Zeugenstand
          gegen Kurdî ausgesagt. Auch der

ursprünglich eingesetzte Richter und der zuständige Staatsanwalt fielen kurz zuvor einem
Anschlag zum Opfer ...

Sie schaut von der Spüle auf.

Dann merkt sie, wie ihre Hand beginnt, zu
zittern. Und gleichzeitig bemüht sie sich,
keine erneute Träne zu vergießen.

Sie schafft es - doch nur unter größtmöglicher
Anspannung.

                                    CUT TO:

AUSSEN. UNTERSCHLUPF - TAG

Anna kommt gerade vom Einkauf heim, als der
LKA-Beamte vor ihrem Haus vorfährt.

INNEN. UNTERSCHLUPF - SPÄTER

Sie stehen am Küchentisch.

                    ANNA
          Wie geht's jetzt weiter?

                    LKA-BEAMTER
          Sie führen Ihr Leben. So gut es
          geht. Unter aller Vorsicht.

                    ANNA
          Hier?

                    LKA-BEAMTER
          Das ist momentan das Beste, das
          Ihnen passieren kann.

                    ANNA
        Aber es ist vorbei.

                LKA-BEAMTER
        Was ist vorbei?

Schweigen - betrübt und verloren.

                LKA-BEAMTER
        Glauben Sie, nur weil der Pro-
        zess durch ist, lassen die Sie
        in Ruhe?

Ein geschlagener, kindlicher Blick. Sie weiß
um ihr Schicksal. Thomasius hatte sie bereits darauf vorbereitet. Und wahrscheinlich
schon ein halbes Dutzend Beamte vor ihm.
Doch die Realität ist immer etwas kälter und
unnachgiebiger als unsere schlimmsten Fan-
tasien. Nur, ... wer will sich schon damit
abfinden?

                LKA-BEAMTER
        Sie melden sich alle zwei Wochen
        bei mir! Und in fünf, sechs Mo-
        naten komme ich vorbei und sehe,
        wie es Ihnen geht.

Ihre erschöpften Augen, die über den Boden
wandern.

                LKA-BEAMTER
        Sie können mich jederzeit anrufen.

Sie nickt. Träge und verloren.

Dann geht er.

CUT TO:

AUSSEN. UNTERSCHLUPF - TAG

Anna hockt über einem ihrer Beete, kümmert
sich um ihren Garten.

Die Witterung schlägt langsam zu. Und es wird
kalt. Ihre kurzgeschnittenen Haare flattern
umher - aufgewühlt durch den kalten Herbst-
wind. Und als sie in diesem Moment aufsieht
und in Richtung Sonne blickt, lässt sie die
letzten Wärmestrahlen des Jahres sanft über
ihre Haut gleiten.

Ein warmes Gefühl. Vielleicht sogar ein gutes.

Sie sieht sich um; wandert vom Garten ihres
Hauses mit den Augen durch ihre kleine neue
Welt:

Das einfache Treiben auf der langen, einsamen
Straße, die ins Städtchen führt. Mit ein paar
Schulkindern, die zur Busstation waten.

Die Nachbarin, deren Haus etwa achtzig Me-
ter weit entfernt ist, aber die sie von ihrem
Grundstück aus gerade noch erkennen kann. Sie
winken sich gegenseitig zu.

Anna wandert mit ihrem Blick über die Gebirgszüge dieses einsamen Ortes. Und als die
Sonne sich hinter dem weitläufigen Kamm am
Horizont doch noch einmal hervordrängt, löst
sich ihre Anspannung.

Sie akzeptiert. Ihre neue Rolle in einem neu-
en Leben.

Dann erhebt sie sich, tritt das letzte Stück
Erde in ihrem Garten mit den Füßen fest und
begibt sich ins Haus, während wir das einsame
Häuschen am Fuße des Tals verlassen, uns immer
weiter über die Gebirgszüge hinweg von ihr ent-
fernen und irgendwann über ein Plateau, weiter
oben über ihrem Häuschen stolpern, wo ...

... sich die abgetragenen Schuhe eines stillen Beobachters hervortun, der gegen eine
Krücke lehnt. Und als wir um diesen Beobach-
ter herumfahren, erkennen wir Thomasius, der
von dort, hoch oben vor dem Gebirgspanorama,
über sein Mädchen wacht.

Wenn nötig, für immer.

CUT TO:

Schwarz.

ENDE

.